U0024387
大畫情聖
第二輯
八
誓不兩立
上山打老虎 著

大畫情聖
II
【目錄】

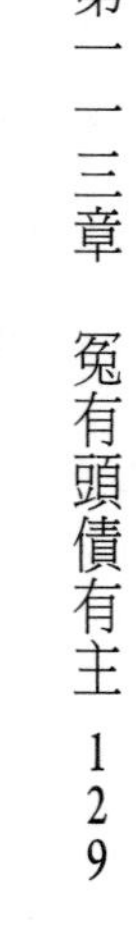

# 第一〇六章 背下黑鍋

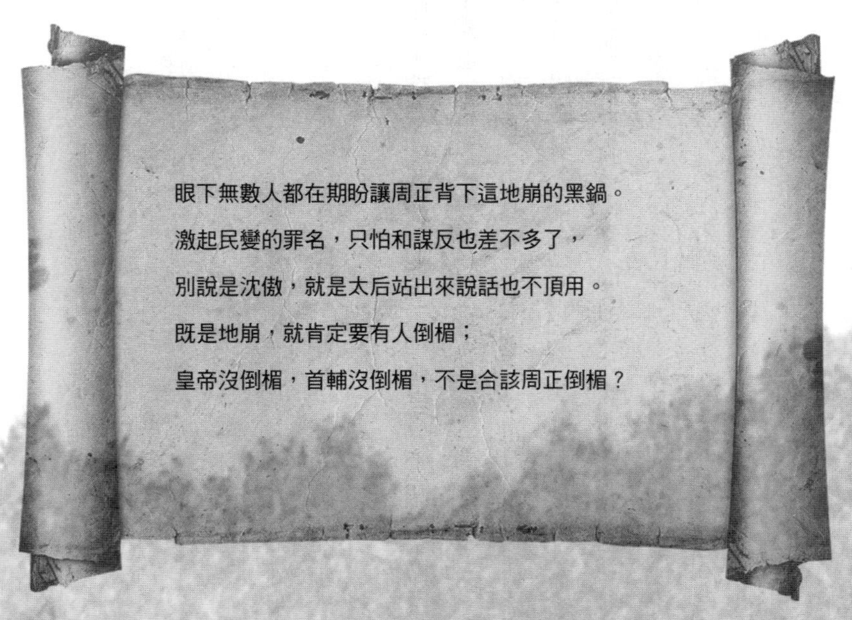

眼下無數人都在期盼讓周正背下這地崩的黑鍋。
激起民變的罪名，只怕和謀反也差不多了，
別說是沈傲，就是太后站出來說話也不頂用。
既是地崩，就肯定要有人倒楣；
皇帝沒倒楣，首輔沒倒楣，不是合該周正倒楣？

到了童府，童貫立即將沈傲迎入正廳，將左右的人等都叫出去，只留下一個心腹的老僕斟茶倒水。

沈傲剛喝了口茶，童貫已經搶先一步到了沈傲的腳下，道：「殿下救救咱家。」

沈傲不由一驚，道：「童公公這是什麼話，像是天塌下來一樣。」

童貫苦笑搖頭道：「殿下若是不來，咱家還真以為是天塌下來了，不知怎麼的，朝廷突然派了那王信來做欽差，督促三邊。原本陛下對咱家一直是信任有加的，卻不知是聽了誰的讒言，說什麼咱家年紀大了，要為咱家分憂……」

童貫抹了抹額頭上的冷汗，伴君如伴虎，他這老油條豈會不知道？做臣子的被說成年紀大，既可以理解是天子體恤，也可以解讀為是抄家滅族的前奏。

童貫又道：「這王信一來，咱家才知道事情遠不是這麼簡單，他到了三邊，第一件事就是給懷州商人開放了關隘，還徹查了不少三邊的軍將，這些人……」

童貫訕訕然道：「多少都是咱家的心腹。古話說，一朝天子一朝臣，邊關也是如此，如今邊鎮的大權落到了王信手中，王信身為欽差，這不是擺明了是要挑咱家的錯？咱家不敢說邊關的將佐都是奉公守法，要挑錯還不容易，殿下……你可得為咱家拿個主意，那王信到底是授了陛下的聖意，特地來整治咱家？還是因為懷州商人的緣故惹出來的事？」

沈傲想了想，道：「這幾個月我與陛下通信，陛下也提及過三邊的事，對你並沒有微詞，應當不是聖意。」

童貫聽了不禁鬆了口氣，他在三邊樹大根深，一個欽差，並不至於惶恐到這個地步。最怕的就是王信是帶著宮裡的授意，那才是上天無路，下地無門，有口不能辯，只能乖乖洗乾淨脖子任人宰殺。

童貫不禁冷笑起來：「這麼說，是那些懷州人搗的鬼？真真想不到，懷州人的能量大到這個地步。」

沈傲沒興致理他和王信的糾葛，在他看來，童貫和王信只不過是朝廷鬥爭的延續而已，與其有精力去管這個，倒不如多放些精神在朝廷那兒。他問道：

「太原地崩，如今已過去了一個半月，有什麼新鮮事嗎？」

童貫心中已經大定，打起精神道：「昨天夜裡送來的消息。」他苦笑一聲，正色道：「殿下聽了可不要生氣。」

他慢悠悠的道：「太原地崩，祈國公奉旨賑災，誰知出了亂子。陛下龍顏大怒，三日之前，已派人去將他押回京中，多半進了大理寺，準備候審了。這一次地崩本就事出突然，天下議論紛紛，更有人妖言惑眾，說是上天警示陛下，是亡國的先兆！原本陛下就希望立即壓下這事來，誰知道祈國公到了那兒，帶了銀錢居然籌不到糧食，災民沒有飯吃，結果出了事，數千上萬人襲擊欽差行轅，雖是被駐在太原的邊軍彈壓下去，可是這事聯繫到地崩，就變得不簡單了，只怕這一次，祈國公要完了。」

沈傲正低頭喝茶，聽了童貫的話，手中的杯盞不禁跌落在地上，抬起眸來，道：「你再說一遍！」

童貫苦笑著又說了一遍，道：

「朝廷這一次共撥下了五百萬賑災銀錢，按照市價，便是買下兩百萬擔米來也是足夠，可是祈國公到了太原，竟是不購米，耽誤了時間，才釀出大禍。殿下與祈國公走得近，這時候，還是不要爲他出頭的好，地崩本就是天大的事，宮裡憂心如焚，如今又鬧了這麼一齣，祈國公和宮裡的情分早就蕩然無存了。據說賢妃娘娘到太后那兒去求情，連太后都不敢答應。」

沈傲整個人呆住了，地崩的政治影響實在太大，尤其是太原這麼大的地崩，若是換作前朝，宮裡發罪己詔、首輔引咎致仕都是常有的事，如今因爲周正的賑災失當，終於爆發了出來。

眼下無數人都在期盼著讓周正背下這地崩的黑鍋。激起民變的罪名，只怕和謀反也差不多了，別說是沈傲，就是太后站出來說話也不頂用。

既是地崩，就肯定要有人倒楣；皇帝沒倒楣，首輔沒倒楣，不是合該周正倒楣？

只是以周正和沈傲的關係，沈傲是絕不可能袖手旁觀的。他的臉色霎時陰沉下來，道：「祈國公去賑災，是誰舉薦的？」

童貫見沈傲臉色不好，不敢觸怒他，連忙道：「是李邦彥。」他猶豫了一下，又道：「李邦彥是懷州人，太原也是懷州的重要商路之一，咱家聽說，用銀錢就地購買糧食賑災也是李邦彥的主意，這李邦彥莫不是刻意與那些商人串通？」

他繼續按著自己的思路說下去：「應當錯不了，之所以舉薦祈國公，只怕還是因爲殿下的緣故。」

沈傲是何等聰明的人，一點就透，冷哼一聲道：「這個節骨眼上，他們還想發災難財，又怕本王將來追究，所以特意將祈國公拉下水？如此一來，本王若是追究他們，第一個要剷除的就是祈國公是嗎？哼，好深的心機。」

大致的脈絡已經清楚，雖然不能確定，如今卻是最合理的解釋。李邦彥教唆皇帝就地購糧，而糧食在懷州商人手裡，這些商人要賣糧，當然不可能按市價去賣，便是翻個十倍、百倍也是稀鬆平常的事。這李邦彥設下了一個口袋，就是等欽差去把錢交出來。而周正則是其中的關鍵，要想做到沒人追究，只要把周正拉下水即可，反正糧食是周正採購的，出了事也是他擔著。

結果周正到了太原，商人報出的價格讓他不能接受，於是便僵持下來，之後便發生了民變，這賑災不力的黑鍋自然落在了周正身上。

原本按李邦彥的估計，周正到了太原，老老實實花高價買了糧食，再叫商人們送些賄賂過去，大家一起發財，皆大歡喜。誰知周正這人，賑災的錢卻是不敢碰，如今才鬧出這麼大的事。

沈傲冷笑一聲：「這件事的原委，先叫人去徹查出來。童公公，太原的邊軍雖然和你沒干係，可是那邊你有沒有熟人？」

童貫點頭道：「自然是有，三邊和太原一向是千絲萬縷的。殿下的意思是叫咱家托人去打聽？」

沈傲頷首點頭道：「你一邊去打聽，有了準信立即給我寫信。至於汴京那兒，本王親自去處理。他娘的，這幫混賬把算盤打到了本王的頭上，今日不給他們一點顏色看看，他們還不知道我沈傲為什麼叫沈愣子了。」

童貫道：「殿下要三思，這件事關係實在太大，莫說天下人已經議論紛紛，都說祈國公罔顧災民，才激出來的民變；就是宮裡頭也已經勃然大怒了，地崩和民變兩件事加起來，誰沾進去都不會有好果子吃。」

沈傲淡淡一笑：「試試又何妨？」

沈傲心裡不免有些焦急，想到許多的往事，他能有今日，與周正分不開關係，汴京城裡的周夫人和周若肯定是急壞了，自己又不在，家裡竟是沒有一個男人，便歸心似箭，若不是這時候天色太晚，真希望立即起程。

童貫也不好再勸什麼，只是道：「殿下既然主意已定，咱家也只好隨殿下試一試了。」

又叫人給沈傲換了一盞新茶，安慰道：「這麼大的事，肯定要三司會審，還要御審也不一定，不管怎麼說，周公爺現在只是待罪，苦頭肯定是不會吃的，殿下也不必太憂心，想定了主意再說。」

沈傲點了點頭道：「眼下的關鍵還是太原，先打聽消息吧。」說罷喝了口茶，誰知這茶是新換的，他有些失魂落魄，竟冷不防將嘴燙了。

只是這一燙，反而讓他冷靜下來，心裡對自己說，這時候一定要冷靜，周家的榮辱都託付在自己身上了，唯有冷靜，才能把泰山大人救出來。

童貫見沈傲心神不定的樣子，苦笑一聲，也就告辭出去。

沈傲去叫人尋了周恆來，將這事和周恆說了。周恆先是呆了一下，隨即道：「我爹一定是冤枉的，表哥，我這就去汴京，先見爹爹一面。」

沈傲攔住他：「深更半夜，急在這一時幹什麼，你去了有什麼用？」

周恆又是沮喪又是無力，一屁股癱坐在椅子上，淚眼模糊的道：「總比在這裡乾等著好。表哥，是不是有什麼隱情？我爹一向謹慎，怎麼會出這麼大的疏忽？我娘現在不知怎麼樣了……」

他突然發覺自己竟是一點主意都沒有，整個人變得沮喪無比。

沈傲按住他的肩，安慰的道：「事情還沒有查清楚，表哥也不好猜測，明日清早我們就趕回去，不管如何，有表哥在，就絕不會讓國公吃虧。這件事若是當真沒有其他的干係倒也罷了，若要讓表哥知道有人使絆子……」沈傲冷冷一笑：「我和他不共戴天！」

周恆聽了沈傲的話，心裡才安定了一些，在他心裡，沈傲一直無所不能。

沈傲拍拍他的背道：「夜深了，先回去歇息，養足了精神，才好趕路。」

周恆搖搖頭，道：「我不睏，一點都不想睡，我在這裡坐坐好嗎？」

沈傲點頭，這時候他的心情也有點亂，兩個人都坐在廳裡愣愣的發呆，誰也沒有說一句話。廳中的紅燭不知什麼時候燃到了盡頭，陡然熄滅，整個大廳陷入一片黑暗。

黑暗中的沈傲呆呆坐著，想到許多的往事，竟有些傷感。他自小就是個孤兒，穿越之後更是舉目無親，在他心裡，一直將周正當做最親密的人之一。如今周正遭難，讓沈傲突然有點失去了方寸。他默默的調整心態，反覆的想著事情的前因後果和影響，不知不覺間，雄雞鳴叫，天空已經露出了魚肚白的晨光。

「天亮了。」周恆黑著眼圈看了看外面的天色，艱難的說出一句話。

沈傲點點頭，雖然有些疲倦，可是這時候他不得不抖擻起精神，站起來伸了個懶腰：「出發！表弟去營中找韓世忠和童虎，讓韓世忠帶隊慢慢返程；至於童虎，讓他帶十幾個侍衛隨我們先走。」

太原地崩，天子腳下顯然議論得更多一些，衙門的公人雖然四處打探，拿捕一些造謠滋事的好事之徒，可是各種傳言卻是像長了翅膀一樣，竟有幾分愈演愈烈的架勢。

等到民變的消息傳來，倒是人人自危了，歷來地崩都伴隨著改朝換代的傳言，以訛傳訛的事本就最容易讓人深信，鬼神之說也一向讓人津津樂道，越是神秘，反而信的人越多。只是真要改朝換代，又不知幾家歡喜幾家愁了。

犯官周正押回汴京的時候，前去圍看的人不少，所謂國之將亡必有奸佞，這時候管他周正是誰，居然都是唾罵不止。不只是一些跟風的大臣上疏要徹查嚴懲，就是市井中也是這個論調。

山雨欲來，恰好這幾日汴京又是連日大雨如注，連空氣之中都多了幾分肅殺。

大理寺門前，稀瀝瀝的雨沖刷著門前的一對石獅，石獅之後中門大開，四個穿著蓑衣戴著斗笠的禁軍按刀佇立，帽檐下，猶如瀑布一樣的雨線看不到停歇的跡象，與中門相對的，是一處刻著「奉公」二字的影壁，影壁上還罕見地刻有浮雕，是一隻神獸的模樣。

獬豸乃是「法獸」。如《淮南子修務篇》所說，牠身形大者如牛，小者如羊，樣貌大致類似麒麟，全身長著濃密黝黑的毛髮，雙目明亮有神，額上通常有一支獨角，據傳該獸擁有很高的智慧，能聽懂人言，對不誠實不忠厚的人就會用角抵觸。因此從外面往中門內張望過去，便能看到那猙獰怒目的獬豸獸，很是駭人。

就在這瀑漉漉的雨天裡，只見兩輛馬車徐徐駛來，馬車的裝飾浮華無比，自然不是尋常富戶所能媲美，尤其是那車廂上的釉彩，更是彰顯了主人的不凡地位。

車夫冒雨催促著馬，跑到了大理寺前穩穩地停住，接著，幾個隨著馬車過來的奴婢撐傘到了車轅旁，低聲朝車裡說了一會兒話，馬車中走出幾個女眷來。

為首的一個婦人，捻著佛珠，年約四十上下，雲髻有些凌亂，臉上帶著幾分疲倦，她抬頭看了這大理寺門前的牌樓，腳步略帶遲疑。

後頭的丫頭給她撐著傘，低聲道：「夫人，就是這兒沒有錯，大理寺並沒有大獄，聽劉勝說，這後頭有起臥室，老爺想必就住在那裡。」

夫人吁了口氣，這時，後頭的一輛馬車也停下來，走出四個人來，為首的是周若。周若的眼睛都哭腫了，俏生生的臉上還殘留著淚痕，一邊的唐茉兒給她打著傘，另一邊的蓁蓁，挽著她的胳膊幫她擦拭著眼角的淚花，春兒走在後頭，手裡提著食盒。

隨來的主事劉文已經拿了拜帖過去，對那門前的胥吏道：「我家夫人要見姜敏姜大人，勞煩幾個小哥通報一聲。」

幾個胥吏相互對視一眼，其中一個道：「車廂邊的可是祈國府的周夫人？」

劉文顯得有些疲倦地點頭道：「正是。」

一個胥吏苦笑道：「要見姜大人也不是不可以。不過，你們若是來見祈國公的，找姜大人也沒有用。姜大人與祈國公是世交，這是汴京城人盡皆知的事，宮裡已經有旨，讓姜大人回避，因此祈國公的事，如今都由暫代副審的宜陽侯處置，今日他也在內堂，若是周夫人要見他求情，將拜帖送去他那兒就對了。」

劉文感激地道：「如此就多謝了，那就見宜陽侯吧。」劉文從袖中掏出早已準備好的碎銀子來，每人塞了一點，道：「勞煩您走一趟。」

其中一個胥吏接了拜帖，便冒雨繞過影壁去了。劉文在簷下等著，周夫人和周若四女則是在雨中焦灼等待。

足足用了一盞茶功夫，竟是一點音信都沒有，劉文臉上露出失望之色。自從祈國公遭難，夫人已經數次昏厥過去，夫人身子骨本就虛弱，如今還要冒雨受這個罪，他心裡也不好受。還好沈家的幾個夫人都來幫襯，總還沒出什麼亂子。

在以往，祈國公是何其高貴的人物，誰知世態炎涼，許多從前來往的人如今都不敢上門了。只有老爺的幾個好友來探望了一下，石英委了夫人過來，姜敏等人也都前來安慰，可是他們畢竟幫不上什麼忙。

劉文想，若是平西王這個時候在汴京該有多好，也不必讓他這個老奴六神無主了。還有，若是安寧帝姬沒有在宮裡待產，說不定也能起幾分作用。至少這個平時一向在老爺面前低眉順眼的什麼宜陽侯，是萬萬不敢端這麼大的架子的。

正胡思亂想著，終於來了個人，來人明顯也是個主事。前去通報的胥吏給他撐著傘，這主事看了劉文一眼，道：「哪位是周夫人？」

雨中的周夫人捻著佛珠快步過去，後頭的丫頭來不及反應，見夫人一下子步入了雨中，連忙追上去，周若四女也隨著周夫人到了中門。

周夫人急道：「老身就是，敢問……」

這主事冷冷地打斷她道：「我家侯爺公務繁忙，只怕抽不開空來見夫人，夫人還是請回吧。」他的目光落在春兒提著的食盒上，淡淡道：「哦，是來給國公爺送飯的？這就不必了，這大理寺又不是刑部，酒食隨時都備著的，倒是讓諸位女眷擔心了。」

他的語言還算客氣，只是這倨傲的態度讓人心寒，周夫人幾個都是女人，沒見過這種場面，這時候不知如何是好。周正關在這裡已經幾天，好幾次讓人來打探消息，都沒傳出什麼音訊來，今日若是不見一見，周夫人和周若都放心不下。

周夫人定了定神，便朝這主事福了福，帶著顫音道：「無論如何，也請宜陽侯見上老身一面，老身只是個婦人，許多禮儀都不懂，若有怠慢處，還請海涵。」說著，忙不迭地給劉文使眼色。

劉文會意，抽出一張十貫的錢引要遞上去。這主事冷冷一笑，卻是一下子拍開劉文的手，惡聲惡氣地道：「誰要你們的臭錢？」錢引從劉文手裡落下來，掉在泥濘的石磚上，一下變得稀爛。

劉文這時已經有些怒氣了，就算是待罪，也沒有不許家眷探視的道理。自家夫人對他一個下人這般客氣，他不領情也就罷了，竟還折辱，便怒道：

「你家宜陽侯往日哪次要見我家公爺，公爺又何時怠慢過？今日我家夫人要見宜陽侯，不曾想竟是這般，這臉也變得太快了一些吧。」

周夫人想用眼神制止劉文，此刻，她心裡已經猜出宜陽侯是刻意要與自己為難，不禁生怕再惹怒他們，老爺在裡頭說不定會遭了小人的陷害，因此儘量想息事寧人，大不了回去就是，誰知劉文一下子上了火氣，沒有注意到夫人的為難。

周若也不由道：「宜陽侯不見我娘也就罷了，我是平西王妃，平時宜陽侯不也是叫自己的夫人常來巴結嗎？今日我倒是要見見他！」

只見那主事臉色一變，冷笑道：「王妃可莫要欺負我這做下人的。實話說了吧，今日就是平西王親來，我家侯爺說不見照樣擋駕。今次莫說是平西王，便是天王老子來了，也救不了祈國公。要走就快走，堵在這裡做什麼？唱戲嗎？」

主事一口的懷州官話，原本不說平西王還好，一提及這三個字，他笑得更冷，道：「待定了罪下來，抄家是少不了的，還得瑟什麼？」

周若氣得要暈過去，手指著他，怒道：「惡奴！」

主事淡淡一笑道：「鄙人只是奉侯爺之命請諸位夫人回去，惡不惡談不上，不過鄙人倒是奉勸一句，早些給你家老爺準備後事吧。」說罷對胥吏吩咐一聲：「往後他們再來就不必再通報了。」說罷，便旋身要進去。

周若氣急道：「你不要走……」

周夫人已經掩面低泣起來，聽了這主事的話，更明白周正的處境壞到了極點，若不是宮裡或者三省傳出什麼風聲，這惡奴絕對不敢如此造次。

倒是蓁蓁和春兒為人處事更圓滑一些，紛紛勸夫人和周若道：「咱們先回去再計較。」

唐茉兒抿著唇，雙眉蹙起，只是她從來沒有遇見過這樣的事，一時也不知該說什麼，只好挽著周夫人的手道：「王爺或許這幾日就會回來，等他回來了再計較不遲，夫人放寬心，王爺不會拋下周家不管的。」

正在這時，雨中突然有個聲音道：「是誰說本王來了也不濟事，宜陽侯好大的架子！」

滂沱的大雨中，不知什麼時候出現了十幾個騎士，騎士連斗笠、蓑衣都沒有穿戴，濕漉漉地出現在雨中。說話的人正是沈傲，他的臉上既疲倦又有些落魄，整個人如落湯雞一樣，可是一雙眼睛卻死死盯著那主事，看上去又兇惡又冷冽。

大雨掩蓋了駿馬的馬蹄聲，竟沒有人注意到他們的出現。

沈傲翻身下馬，身後的周恆也跟著下了馬。

周恆最先衝過去，叫了一聲：「娘！」周夫人已經泣不成聲，顧不得周恆渾身上下的泥濘，將他抱入懷裡。

沈傲過去，拉住了周若的手，低聲安慰道：「若兒放心，什麼事都不會有，天大的事，也有我在。」接著又向周夫人道：「姨母是要見姨父嗎？隨本王進去吧。」

沈傲溫柔的低語幾聲，大家彷彿有了主心骨一樣，周夫人拉著他，看著他一臉憔悴的樣子，不禁憐惜道：「辛苦你了。」

周若滿是淚痕，汪汪的淚珠還在眼眶裡打著轉，咬著唇道：「我爹不會有事的，是不是？」

沈傲手裡還拿著馬鞭，淡淡地道：「不會有事的，我說過，天大的事有我頂著。」抬起頭，就要進大理寺。

那主事這時也是愣了一下，原以爲沈傲沒這麼快回來，誰知道回來得這麼早，遲疑道：「平西王，大理寺的規……」

「規矩？」沈傲冷笑地看著他，手中的鞭子劈頭蓋臉地朝他甩過去，主事額頭上立時出現一道道猩紅的鞭痕，不禁捂著額頭哀號。

沈傲冷笑道：「這就是規矩，一個侯府裡的下人，是誰給你的規矩？竟敢欺負王府女眷，今日本王告訴你什麼才叫規矩。」趁著這主事捂臉的功夫，一腳將他踹在地上，冷冷地對兩側的胥吏道：「宜陽侯在哪裡？」

胥吏被這突如其來的變故嚇了一跳，敬畏地看著沈傲，其中一個道：「在書辦房。」

沈傲對大理寺再熟悉不過，頷首點了點頭，便昂首闊步提著馬鞭進去。周夫人朝那主事低聲念了一句阿彌陀佛，也快步緊跟上。

# 第一〇七章 和天子對賭

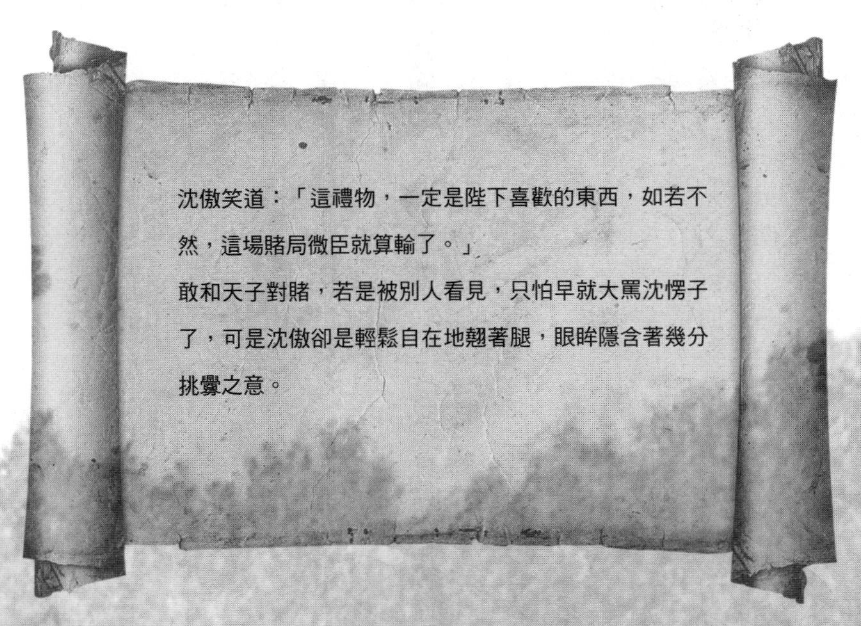

沈傲笑道：「這禮物，一定是陛下喜歡的東西，如若不然，這場賭局微臣就算輸了。」

敢和天子對賭，若是被別人看見，只怕早就大罵沈愣子了，可是沈傲卻是輕鬆自在地翹著腿，眼眸隱含著幾分挑釁之意。

眾人熙熙攘攘的到了書辦房，恰好撞到一個文吏出來，這文吏正想說是什麼人敢這般無禮，可是一看到沈傲身上的深紫蟒袍和懸掛的魚袋，再看看這人的樣子，就什麼都不敢說了。

文吏喉結滾動了一下，吞吞吐吐地道：「王……王爺。」

「讓開！」沈傲的聲音很是冰冷，文吏立即讓出一條道來。

沈傲龍行虎步地跨進去，宜陽侯彭輝正坐在這裡喝茶，幾個埋頭案牘的文吏聽到動靜，都抬起頭來。

彭輝呆了一下，隨即臉色恢復如常，乾笑一聲道：「王爺什麼時候到的？」嘴上客氣，屁股卻沒有挪動。

自從沈傲封了關隘，去了西夏，彭輝就知道，沈傲與他已是絕不可能共存了，他雖只是個侯爺，可是在他的身後，卻也有一棵大樹，就算是反目，諒沈傲也不能拿他如何。畢竟這是大宋的天下，沈傲做了西夏攝政王，雖享有親王的殊榮，可是朝中的大權終究還是牢牢控制在他身後的人手上，只要自己遵照上頭的授意去辦事，又何懼之有？

沈傲盯著他，道：「周國公在哪裡？本王要見他。」

彭輝淡淡道：「王爺，周國公犯的是死罪，沒有宮裡的旨意，誰也不得探視。得罪了。」他朝兩個胥吏努努嘴，已經做好了和沈傲爭鋒相對的姿態。

在彭輝看來，自己和沈傲說話越不客氣，身後的人對他就越賞識，既然已經得罪了沈傲，那麼乾脆一條心和沈傲槓下去。

沈傲冷冷道：「本王怎麼沒有聽說過這條規矩，除了謀逆大罪，有哪個犯官不能探視？這規矩，莫非是侯爺立的？」

彭輝直視著他，冷笑道：「本侯欽命副審，規矩怎麼立，不必王爺說教。」

「是嗎？」沈傲淡淡地反問一句，向前一步步走過去。他走得並不快，可是每一步都夾雜著輕蔑和冷冽：「來人，請夫人和諸位女眷先到別處房裡去歇一歇，本王要和宜陽侯好好地講講道理。」

隨來的劉文朝幾個下人使了眼色，攙著女眷們出去。

沈傲面無表情看著彭輝，慢悠悠地道：「橫山的事，侯爺也插了一腳？這時候你是不是很遺憾？遺憾本王活著回來了？」

彭輝矢口否認：「王爺這話是什麼意思？」

沈傲抿了抿嘴，不再說什麼，一步步走過去。

彭輝見沈傲越走越近，頓時大感不妙，這時候也坐不住了，站起來道：「王爺這是要做什麼？」

沈傲如箭一般衝過去，一腳將他踹翻，揚起鞭子，鞭子如靈蛇一般在半空一甩，重重落下，啪嗒一聲，狠狠抽在彭輝身上。

彭輝哀號一聲：「沈傲……你瘋了！」

沈傲卻不理他，埋頭抽了他十幾鞭子，森然道：「老子就是沈愣子，今日不打死你這狗才，又如何對得起這愣子之名？」

彭輝趴在地上連滾帶爬要逃，沈傲一腳已經踹在他的屁股上，他唉喲一聲又摔了個嘴啃泥，那鞭子又跗骨一樣狠狠甩在他的背上。他大叫道：

「還愣著做什麼，快……」

這句話是對幾個胥吏和文吏說的，換做是別人，就是太子親來，這些小吏也有上前勸阻的勇氣，可是沈愣子是什麼人，他們哪會不知道？誰敢上前去阻攔？都裝做沒看見，胥吏將臉別到一邊，文吏則心不在焉地埋頭看著案牘上的公文。

彭輝渾身都是鞭痕，連簇新的團領緋服都被打得不成樣子，只有哀號道：「平西王饒命，饒命……」

沈傲卻不理他，這一路來的辛苦和積憤全部宣洩出來，赤紅著眼冷笑道：「你算是什麼東西！也敢來立規矩？今日本王教教你什麼是規矩！」

各房的文吏和堂官都在堂外頭探頭探腦，誰也不敢出聲，倒是姜敏這時趕過來，拉住沈傲的手，道：「殿下，有什麼話不可以好好的說？先放下鞭子……」

沈傲也打累了，朝著宜陽侯冷笑一聲，將鞭子丟在地上，森然道：「現在本王可以去見公爺了嗎？」

此時，彭輝什麼威嚴都拋諸腦後，整個人蜷縮在牆角，可憐兮兮地顫抖著，生怕沈傲再過來，連忙點頭道：「可……可以……」

沈傲拍了拍手，被姜敏攙著到另一間房間去。

姜敏苦笑道：「殿下，公爺出了這麼大的事，下官竟是一點忙都幫不上，實在慚愧。」

沈傲淡淡道：「不干你的事，公爺現在押在哪裡？」

姜敏嘆了口氣，道：「本官待會兒就帶殿下去。」又道：「殿下方才怎麼動起武來？彭輝好歹是宜陽侯，又負有欽命……」

沈傲雙手一攤，道：「我是愣子嘛！」

姜敏不禁氣結，只好道：「殿下隨我來。」說罷又去勸慰了周夫人幾句：「早前不是說了嗎？夫人儘管放心就是，這大理寺只要有我在，肯定不會讓公爺吃苦的。」

周夫人淚眼婆娑地道：「心裡總是放心不下，倒是令姜大人爲難了。」

姜敏搖搖頭，不知是自言自語還是勸慰周夫人，道：「平西王來了就好。」

姜敏叫來一個堂官，吩咐一聲，接著對沈傲道：「殿下，宮裡已經有了欽命，讓下官不得與公爺接觸，就有勞王大人帶你和夫人去看看公爺吧。」

沈傲頷首點頭，叫周若等人在這裡稍待，攙著周夫人，由堂官引著，繞過幾處屋堂到了後院，後院裡一排廂房，皆有胥吏看守。

堂官到了一處廂房門口，朝門口的胥吏道：「這裡沒你們的事了，尋個地方喝口茶去吧。」

胥吏們見了沈傲，也不敢說什麼，隨這堂官一起離開。

大雨漸漸停了，天空露出一道道霞光，光暈落在長廊上，沈傲不由深吸了口氣，推開廂房的門進去。

「公爺……」周夫人搶步進去，淚帶梨花地喚了一聲。

這時，坐在房裡正在看書的周正一臉憔悴地抬起頭，激動地迎了過來。

周夫人與周正敘了話，見周正寢食還好，便放下了心，才退了出去。

屋子裡就只剩下周正和沈傲，二人默默坐下，周正才道：「要喝茶嗎？」

沈傲搖搖頭，道：「到底是什麼緣故，讓泰山大人拖延了購糧的時間？」

周正吁了口氣，這時，倒是表現出了寵辱不驚的樣子，微微皺了下眉，隨即道：

「一斗糧七貫，這糧，老夫不敢買。」

沈傲聽了不禁動容，一斗糧七貫……大宋的糧價最高時，也不過百文一斗而已，況且太原的商人賣的還是陳糧，大半連穀皮都沒有刨開，價錢居然漲到了一百七十倍。

周正苦笑道：「糧食在他們手裡，老夫不買，是罪；買了，也是罪。我何曾想到這一次欽命辦差，原來進的竟是死局。」

沈傲道：「泰山大人既然身爲欽差，爲什麼不勒令商戶交出屯糧，再以市價的錢結算？」

周正搖頭道：「我原本是存著這個心思，可是太原上下沉瀣一氣，剛剛下了條子到太原府，消息就走漏了。」他頓了一下，道：「之後便有人煽動圍攻欽差行轅，邊軍彈壓，老夫也成了戴罪之人。」

沈傲冷笑道：「這些人的膽子倒是不小。」

周正稀鬆平常地道：「官場的事就是如此，有了星點好處，就有人肯去鋌而走險，更別說如此暴利了。」

「泰山大人可曾上疏申辯嗎？」

周正吁了口氣，臉色顯得更差，道：「申辯倒是申辯了，卻被人指斥是強詞奪理，畢竟激起了民變，就是有一百張嘴，又有什麼用？」他沉默了一下，又道：「就是陛下，爲了平息民憤，就算知道老夫的委屈，只怕會審之後，還是要嚴懲的。」

沈傲愕然，周正的話說得沒有錯，眼下宮裡未必想弄清楚事情的原委，只怕息事寧人的心思更多一些，只要能平息天下人的悠悠之口，把地崩的事壓下去，犧牲掉一個國公，又算得了什麼？也即是說，現在就算是把事實真相抖落出來，也救不了周正，這黑鍋周正已經背定了。

周正見沈傲臉色不善，平靜道：

「沈傲，老夫知道你不忍見到老夫這樣的下場，可是如今到了這個地步，你千萬不要牽涉到這裡面來，地崩和民變的事關係實在太大，便是陛下體恤，也絕不可能扭轉乾坤。壯士斷腕，大丈夫該斷則斷，你只要記著，將來贍養你的姨母，好好地對待若兒……」

他嘆了口氣，道：「至於恆兒，只望他經歷了這次家變，能長大一些，往後周家全靠他了。」

周正被關在這裡，想了許多事，如今一股腦的對沈傲說出來，朝中誰可以信任，誰不可以信任，誰是阿諛小人，誰是至誠君子。

眼看到了正午，門外已經有人探頭探腦了，沈傲霍然而起，道：「壯士斷腕，沈傲學不會，姨父放心，但凡有我沈傲在，一定不會讓你蒙冤。」

說罷，沈傲旋身出去，迎面看到兩個小吏在外頭東張西望，冷冷道：「看什麼？」

小吏嚇得魂不附體，期期艾艾地道：「時候太晚，殿下該回去了。」

沈傲卻突然露出淡淡笑容，從袖中抽出兩張百貫的錢引，一人發了一張，道：「拿去喝茶，我岳父就交給你們照料了。」接著，他又板起臉來，冷冷道：「若是不周到，可別怪本王翻臉不認人！」

出了大理寺，沈傲對周夫人道：「姨母放心，姨父會沒事的。」這句話他不知道說了幾遍，只是不曉得該如何安慰周夫人，只能這樣鸚鵡學舌。接著走到周若身旁。周若的淚痕還沒有抹乾淨，俏臉上還殘留著痕跡，她這時反而不怕了，刻意露出些許甜笑，去勸慰周夫人：「娘，沈傲回來了，還怕什麼？我倒是擔心爹在這裡住久了，回了府裡不習慣。」

她這話一點也不好笑，可是夫人抿了抿嘴，露出淡淡的笑容，沈傲也傻乎乎地開懷大笑：「哈哈哈哈……」

見無人回應，沈傲尷尬地對劉文道：「劉主事，這幾日我就在國公府住下了，你先回去收拾個閣樓出來。」

劉文喜滋滋地應了一聲，周若便陪著周夫人坐了前面的馬車。沈傲也想擠過去，頓時又覺得不合適，朝周恆努努嘴道：「還不快上車去。」自己則陪著蓁蓁、茉兒、春兒三個上了一輛車。

到了周府，用了飯，沈傲便支持不住，去睡了一覺。

他連續幾日都沒有好好歇息，這一覺睡得很是香甜，起來時發現帳中無人，薄衾帷幔，只有自己孤零零的一人，懊惱地搖搖頭。看了看天色，才發現已經接近拂曉，居然睡了足足半天一夜。

他早有今日入宮的打算，於是乾脆叫醒了外頭一個值夜的下人，叫他去為自己準備洗浴。洗漱一番，天色已經亮了，穿了乾爽的新衣，整個人精神了許多。

「不知皇上近來如何，想必也被地崩嚇壞了吧。」沈傲心裡想著，他既然打定了主意一定要救出周正，這時候反而一點也不擔心了。

沈傲先去佛堂裡見了夫人，才發現周若幾個都在，沈傲笑道：「原來你們都進佛堂，來打擾姨母苦修來了。」

唐茉兒恬然地翻看著佛經，道：「誰說的，夫人請我為她解釋佛理呢。」

蓁蓁莞爾一笑，道：「你這佛理越解釋越不清了。」

周若昨夜想必沒有睡好，一臉憔悴，可是看到沈傲，心神像是安定了一樣，身體不由自主地往沈傲的方向傾了傾。

春兒則是接了一個丫頭手上的茶盞，親自給周夫人奉茶，周夫人這時總算露出了幾許笑容，道：「不必春兒來伺候，春兒坐下說話就是。」

沈傲尋了個蒲團盤腿坐下，道：「姨母的臉色好些了，不如過幾日大家一起去尋個地方玩玩，今日我就進宮去，姨父的事也不是一時就能解決，不必著急，只要人還在，總會有辦法。」

沈傲寬慰了幾句，從佛堂出來，帶著幾個侍衛向宮裡走去。

閒逛到了一處街市上，看到一個老頭兒捏著糖人，覺得十分新鮮，便對老頭兒道：「先生能不能捏個糖人出來，我出十貫錢買。」

這老頭兒見沈傲一身官服，也分不清到底有多尊貴，受寵若驚地道：「不知官人要捏什麼？」

沈傲想了想，道：「給我捏個風兒出來。」

風兒……這下讓老頭兒爲難了，他打量了沈傲一眼，確認沈傲不是惡作劇之後，道：「風無常形，如何捏？」

沈傲呵呵笑道：「這倒是，不如這樣，就捏個盆出來，要上面有蓋子的。」

老頭兒道：「要多大？」

沈傲想了想道：「自然越大越好。」他從懷裡掏出一張百貫錢引，笑嘻嘻地道：「總不會讓你虧本就是。」

老頭兒眼睛一亮，連生意也不做了，道：「老朽就住在不遠，要捏個大盆兒出來，只怕在這裡不方便，就請官人隨小老兒到家裡去捏。」

沈傲便尾隨老頭兒到了一處獨門的小院落，這院落有些髒兮兮的，地方狹隘不說，庭院裡還有許多雜草。

老頭兒請沈傲到一處廂房坐下，自己則拿了糖麵和工具來當場捏刻。隔壁屋子裡傳出一個老婦人的聲音：「今日怎麼這麼早便回來？」

老頭兒對著隔壁的老婦人道：「今日有個貴客，且先不和你說。」

沈傲聽著有趣，便問：「為何不見老夫人出來待客？」

老頭兒雙手極快地捏著糖人道：「她年紀大了，手腳不方便。」他拍了拍腿，笑道：「腿瘸了。」

足足半個時辰過去，銅盆才捏好。老頭兒和沈傲閒聊了一會兒，這時已有幾分熟稔，便打趣道：「官人可是要做個銅盆回去吃？」

沈傲搖頭道：「我又不是小孩，吃這個做什麼？是拿去送禮的。」

老頭兒笑道：「小老兒活了大半輩子，從來沒聽說過拿糖人送禮的，不知送的是誰？」說罷，自覺有些失禮，不該問這話，便打了打自己的嘴道：「該死，該死，小老兒今日話多了些，官人勿怪。」

沈傲搖搖頭，笑道：「無妨，告訴你也不打緊，這糖盆是送給皇上的。明日你就打出招牌去，就說皇帝也吃過你的糖人。」

老頭兒呆了一下，只當沈傲是說笑，反倒肅容提醒沈傲：「這種犯忌諱的話還是少說爲妙，官人前程似錦，怎能爲了這個毀了自己？」

老頭兒熟稔地用油紙將銅盆包起來，送到沈傲手裡，沈傲原本想給他一百貫，這時猶豫了一下，從袖子裡隨手又多抽出幾張百貫大鈔塞給老頭兒。

老頭兒欣喜地接過錢引，千恩萬謝地將沈傲送了出去。

沈傲提著油紙包著的銅盆，並不急於入宮，反而在街市上閒逛，花了四十貫買了個鍍銀的大錦盒，將糖盆裝好後，才緩緩向宮中行去。

到了正德門，不需通報，直接帶著錦盒進去。楊戩看到他朝他招手，道：「昨夜你把宜陽侯打了？」

沈傲知道消息肯定藏不住，頷首點頭道：「怎麼？陛下生氣了？」

楊戩苦笑道：「陛下說要收拾你。」

沈傲撇撇嘴道：「放心，陛下捨不得的。」

楊戩通報了一聲，領了沈傲進去。沈傲行了禮，微微抬頭，只見趙佶一雙眼睛盯著他，板著臉，一副怒不可遏的樣子。

沈傲笑道：「許久不見陛下，陛下還好嗎？」

這句話充滿了感情，讓趙佶不禁莞爾，臉孔再也板不下去了，便冷哼一聲道：「你做的好事！」

「微臣做的好事實在太多，不知陛下說的是哪一件？」

這話就有點大逆不道了，擺明了是耍賴，一點悔過的誠意都沒有。楊戩站在一旁，臉差點歪曲變形，心裡嘆了口氣，這傢伙平時這麼聰明，怎麼今日這般糊塗？原本乖乖地挨幾句訓斥也就是了，偏偏還要硬頂一下，這不是要把小事化大嗎？

「愣子！」不止是楊戩，連趙佶心裡都冒出了這麼個詞兒。

趙佶冷冷地看了沈傲一眼，才慢吞吞地道：「坐下說話吧。」

趙佶實在是拿這傢伙沒有辦法，這時候氣又不是，不氣又不是，僵了一會兒才有反應。

沈傲笑呵呵地坐下，撣了撣身上的灰塵，將錦盒抄在懷裡。

趙佶看了錦盒一眼，不動聲色地道：「你是什麼時候回來的？」

沈傲答道：「昨日上午。」

趙佶這才進入重點，慢悠悠地道：「昨日上午？你一回來就去了大理寺，是不是？去了大理寺之後，還鞭撻了宜陽侯對不對？」

他見沈傲沒有悔改的意思，又加重語氣道：「宜陽侯欽命辦差，你鞭撻他，豈不是等於鞭撻朕？」

沈傲吁了口氣，道：「陛下，宜陽侯是欽命辦差沒有錯，可是陛下可曾叫他折辱王府和公府的女眷嗎？微臣的妻子若兒，是響噹噹的二品誥命夫人，微臣的姨母，也是三品誥命，小小一個宜陽侯，卻是打發一個下人折辱她們，這是不是也是折辱陛下？」

趙佶眼眸中閃過一絲疑色，道：「真有此事？」

沈傲繼續道：「天下人都知道，微臣是朝中最大的幸臣，簡在帝心，宜陽侯卻是如此不將微臣的妻子和姨母放在眼裡，又是不是不將陛下放在眼裡？微臣氣極之下，確實是動了手。陛下若要懲罰，微臣絕無怨言，只是請陛下明察秋毫，還微臣一個公道……」最後他又加了一句：「也還祈國公一個公道。」

趙佶默然無語，淡淡道：「這件事就算了。」

沈傲道：「那祈國公呢？」

趙佶的臉色有些鐵青，道：「不是朕要處置他，是天下人要處置他。」

沈傲吁了口氣，心想：果然如此，趙佶不是不知道其中的貓膩，只是他性格懦弱，寧願犧牲祈國公以求息事寧人。

沈傲心裡轉了幾個念頭，才慢吞吞地道：「陛下錯了……」

「朕何錯之有？」

這世上敢說趙佶錯了的人，還真是空前絕後，沈傲算是說得最露骨的一個。不過趙佶卻出奇的沒有動怒，只是懶洋洋地繼續聽著。

沈傲道：「天下人要的不是替罪羊，而是徹查釐清太原的弊案。」

「這件事，朕會再想一想……」

沈傲實在太瞭解趙佶這一句「再想一想」，其實就是逃避而已，心裡也只有搖頭，便道：「微臣這次來，是給陛下送大禮來的。」

「大禮？……」

趙佶滿臉期待，他早聽說沈傲這傢伙在西夏訛詐了不少女真人的好東西，心想，莫不是被契丹人收藏的顏真卿真跡？或者是什麼價值萬貫的奇珍異寶？整個人的興致立即給勾了起來。

沈傲對楊戩道：「勞煩楊公公。」

楊戩頷首，端起錦盒，還挺沉，有點吃不住力的樣子。

趙佶見了更是喜笑顏開，道：「快拿來。」

錦盒擺在御案上，趙佶捲起袖子道：「不如讓朕先猜一猜這是什麼寶物如何？」

沈傲道：「陛下還是不必猜了。」

趙佶狐疑道：「這是爲何？」

沈傲道：「因爲陛下猜不出。」

趙佶冷哼道：「若是朕猜出來了呢？」

沈傲眼眸閃過一絲狡黠道：「女真人仰慕微臣的品德，送來了無數奇珍異寶，其中單書畫一項，就有一百三十二幅，都是最珍貴的書帖和畫作，若是陛下猜對，微臣願拱手獻上。」

趙佶對書畫的興趣極大，這時聽沈傲說有一百三十二幅，不禁道：「朕一定猜得出來。」

「可要是陛下猜不出呢？」

趙佶托著下巴，道：「你說如何？」

沈傲呵呵笑道：「就請陛下徹查太原民變之事，微臣願做欽差，爲陛下效犬馬之勞。」

趙佶哂然一笑，手指著沈傲道：「你是要算計朕對不對？」

沈傲正色道：「微臣豈敢？微臣這麼做，也是爲了大宋好。」

趙佶想了想，雖是不想再惹太原的麻煩，儘早的平息地崩之事，可是那一百三十二幅書畫，卻如百爪撓心一樣令他渾身不自在。他略略猶豫，才道：

「若是你隨便送一隻小強、飛蛾在這盒中，朕如何猜得出來？」

沈傲笑道：「這禮物，一定是陛下喜歡的東西，如若不然，這場賭局微臣就算輸了。」

敢和天子對賭，若是被別人看見，只怕早就大罵沈愣子了，可是沈傲卻是輕鬆自在地翹著腿，眼眸隱含著幾分挑釁之意。

趙佶最受不了沈傲這個眼神，心想：既說是朕的喜愛之物，難道還會猜錯？咬咬牙道：「和你賭了！」

# 第一〇八章 龍吃什麼？

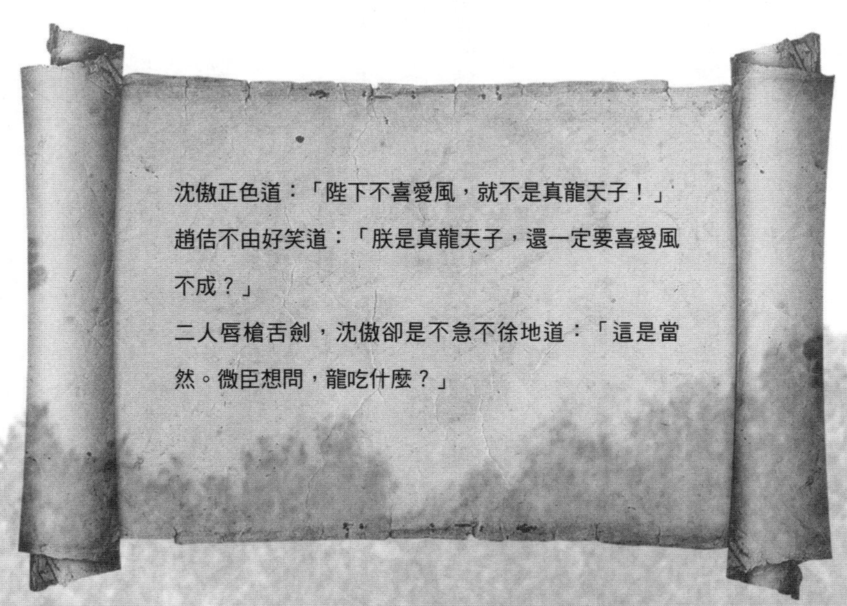

沈傲正色道：「陛下不喜愛風，就不是真龍天子！」

趙佶不由好笑道：「朕是真龍天子，還一定要喜愛風不成？」

二人唇槍舌劍，沈傲卻是不急不徐地道：「這是當然。微臣想問，龍吃什麼？」

沈傲笑吟吟地道：「那就請陛下猜一猜。」

趙佶沉吟道：「可是名畫？」

沈傲搖頭。

趙佶繼續道：「莫非是古玩瓷瓶？」

沈傲仍舊搖頭。

「是玉璧？」

沈傲輕輕一笑，道：「陛下猜錯了。」

趙佶不服輸地道：「百獸之中，朕最愛仙鶴，莫非這裡裝了一隻仙鶴？」

沈傲苦笑道：「若是裝著仙鶴，只怕早就鶴唳而起，聲聞於天了。」

趙佶也覺得方才的猜測有點不著邊際，訕訕笑道：「莫非是金玉印章？」收集印章也是趙佶的喜好之一。

沈傲仍然搖頭。

趙佶不由道：「到底是什麼？」

沈傲陰謀得逞，笑嘻嘻地道：「陛下想知道，揭開就是；不過既然把盒子揭開，那陛下可就輸了。」

趙佶抖了抖唇，道：「這也未必，若是你送的東西朕不喜歡，照樣還是朕贏。」說罷，不禁去揭開錦盒，入目的竟是一方黏兮兮的油紙，他把油紙剝開，一下子呆住，道：「怎麼是個糖盆兒？」

沈傲正色道：「這就是微臣送給陛下的大禮，陛下喜歡嗎？」

趙佶不由好笑，道：「沈傲，今次你總算是輸給了朕，朕又不是三歲孩童，怎麼會喜歡糖盆……」

沈傲驚訝地道：「陛下，微臣送你的可不只是糖盆。」

趙佶左瞧瞧右瞧瞧，確實是糖盆兒沒有錯，不禁壓下眉毛道：「還有什麼？」

沈傲道：「風。」

「風？……」

「對，糖盆裡裝著的是風。」

「……」趙佶差點沒有把下巴掉下來。

沈傲微微抬起頭，雙眸炯炯有神地望向虛空，猶如看到了天下最美的景物一樣，悵然道：「微臣送給陛下的，便是陛下最喜愛的東西——風！陛下請看，這是清晨的第一縷風兒，最是清新不過，還請陛下笑納。」

趙佶不由氣結，道：「可是朕不喜歡風。」

沈傲驚訝地道：「陛下怎麼能不喜歡風？」

趙佶氣咻咻地道：「那好，你說說，朕爲什麼一定要喜愛風，說出道理來，便是你勝；說不出道理來，便是朕贏，如何？」

沈傲等的就是他這句話，打起精神，從腰間抽出一柄白玉扇子，很是瀟灑地扇了扇，才道：「這可是陛下說的，君子一言……」

趙佶道：「駟馬難追。」心裡想，看他如何胡說八道，朕就不信，他能指鹿爲馬。

沈傲笑呵呵地吊了一下趙佶的胃口，心裡卻想，總算是請君入甕了，胡說八道，本王自認第二，誰敢自稱第一？

沈傲舉著扇子搖啊搖，走到御案跟前，還忍不住沾了點糖油舔了舔，口裡不禁道：「這糖盆用料真好，味道可口極了，陛下要不要嘗一嘗？」

趙佶用手指沾了一下，吮入口中，頓時覺得香甜無比，深感認同地道：「嗯！味道不錯。」

沈傲搖頭嘆了口氣。

趙佶道：「你要說就快說，嘆氣做什麼？」

沈傲苦笑道：「陛下是真龍天子嗎？」

趙佶猶豫了一下，道：「朕當然是真龍天子。」他覺得沈傲的話中有話，立即警覺起來，警告沈傲道：「犯忌的話不許說。」

這傢伙胡說八道慣了，誰知道會瞎扯出什麼來，趙佶又不能對他動真格的，還是事先警告一下才好。

沈傲深吸了口氣道：「那麼陛下就是真龍了。」

趙佶咳嗽一聲，算是默認。

沈傲驚訝地道：「陛下既是真龍，自然就喜好風了。」

趙佶一頭霧水地道：「你說明白一些，說出道理來，自然好說；可要是說不出道理來，朕一定治你胡說八道之罪。」

沈傲委屈地道：「胡說八道也有罪，陛下未免也太霸道了，若是如此，那微臣就是殺千刀也萬死不贖了。」

趙佶又好氣又好笑道：「你說了這麼多，爲何還不告訴朕，爲何要喜愛風？」

沈傲道：「那微臣就把道理說出來，請陛下洗耳恭聽。」

趙佶這時候反而忘掉了賭局，見沈傲一臉篤定的樣子，像是勝券在握似的，倒是巴不得沈傲趕快把道理說出來。莫說是趙佶，連楊戩的胃口也被吊得足足的，在一旁側耳恭聽。

沈傲淡淡一笑，正色道：「陛下是真龍天子，自然就喜愛風了，這還有什麼疑問？」

趙佶聽罷，不禁露出失望之色，道：「可是朕要說並不喜愛風呢？」

沈傲正色道：「陛下不喜愛風，就不是真龍天子！」

趙佶不由好笑道：「朕是真龍天子，還一定要喜愛風不成？」

二人唇槍舌劍，沈傲卻是不急不徐地道：「這是當然。微臣想問，龍吃什麼？」

趙佶一頭霧水地問道：「龍吃什麼？」

沈傲篤定地問：「陛下可以為微臣解惑嗎？」

趙佶一時苦笑：「朕如何知道？」

沈傲正色道：「莊子《秋水篇》中，曾言及鳳凰非梧桐不止，非練實不食，非醴泉不飲。梧桐者嘉木，練實者竹實，醴泉者甘泉。這三句話將鳳凰的吃住行都介紹了。相比之下，微臣倒是並未聽說過龍吃什麼。」

趙佶不禁道：「龍遊四海，或許食魚蝦也不一定。」

沈傲淡淡搖頭，道：「龍掌四海，即為四海龍王，分居四海，他們若是食用魚蝦蟹蚌之類，豈非吞食自己治下的臣民麼？」

趙佶啞然，不禁道：「莫非龍吃牛羊豬馬？」

沈傲繼續搖頭，道：「龍乃仙獸，豈可以豬馬為食，與民爭利？」

趙佶也覺得有理，既是神物，自然是上天有好生之德，不與民爭了。

沈傲心裡暗暗覺得好笑，中土的神靈往往賦予了很強的道德意義，所以但凡能封神的，無不是道德君子，莫說是天子要有德者居之，便是神靈也是如此。否則你法力再高，也不過是惡魔而已。沈傲抓住的就是這個弱點，龍若是沒有好生之德，就該是惡蛟了。

趙佶苦笑道：「莫非食的是獸鳥魚蟲？」

沈傲仍舊搖頭：「陛下，若說捕食山川湖澤中的各類獸鳥魚蟲，則未免真龍太無好生之德了。再者鵷雛尚且不屑腐鼠，何況龍乎。」

趙佶暗暗點頭，不由道：「難道是飲甘泉，吃果蔬？」

沈傲正色道：「若是飲甘泉，吃果蔬，陛下可曾聽說誰見過龍糞、龍尿？」

趙佶已經沒有任何答案了，不禁問：「那朕問你，龍到底吃什麼？」

沈傲呵呵笑道：「龍根本就葷素不沾，餐風屙煙！」

趙佶想了想，不禁頷首點頭道：「既是葷腥不沾，那麼必定是食風的了。」這個答案，也符合龍這般高貴的形象。

沈傲呵呵笑道：「陛下也是真龍，龍既食風，陛下若是不喜好風，豈不是要活活餓死？微臣親眼所見，陛下紅光滿面、龍體康健，自然是飽食了風的緣故，若是陛下不喜愛風，又爲什麼要飽食？微臣最愛吃肉，所以無肉不歡，頓頓都少不了肉食的。」

趙佶這才意識到沈傲這個推論的厲害之處，先假定了自己是真龍天子，再議論龍的形象，最後再將這兩樣本不相干的東西聯繫起來。結果……

趙佶臉上青紅一片，若是說自己不喜好風，那爲什麼又要食風？若是說自己不食風，喜好的是五穀雜糧，豬羊牛馬，這真命天子還是龍嗎？

「咳咳……」趙佶尷尬地咳嗽，擺了擺袖子道：「你這油嘴滑舌的傢伙，原來早已設好了一個圈套讓朕來鑽。」

沈傲無比正色地道：「陛下冤枉死微臣了。方才是陛下自己要猜，又是陛下自己要賭，也是陛下一定要窮究龍食風的道理，微臣還覺得是受了陛下的脅迫呢，如今陛下願賭不服輸，倒是怪起微臣了。」他眉眼兒挑了挑，似笑非笑地道：「陛下是真龍天子，自然是說話算數的，莫說是德行高尚，這賭品……」

趙佶哂然一笑，尚在回味沈傲方才的推論，想要尋出一點漏洞出來。最終還是搖搖頭，只好恬然一笑，做出人君的風度出來，淡淡道：

「好吧，朕輸了。」

沈傲立即道：「那……太原……」

趙佶板著臉道：「擬旨意，太原地崩，民變從何而來，朕豈能不察？欽命平西王沈傲爲欽差，徹查民變根由，若是祈國公不力，朕嚴懲不貸；若是宵小慫恿煽動，朕也絕不姑息。」他沉默了一下，又道：「不過，安寧臨盆在即，平西王一個月之後再出京吧。」

沈傲不禁道：「一個月之後會不會太遲了些？眼下太原仍然糧食緊缺……」

趙佶打斷他道：「朕已命邊軍撥出一些糧食來供災民食用，支持一個月是夠了。」

沈傲點頭，正色道：「微臣遵旨，敢不盡心竭力。」

趙佶嘆了口氣，臉上帶著不服輸的樣子，又用手指去蘸了那銅盆的糖吮入口中，不禁道：「味道確實不錯，比御膳要好。」

趙佶身在宮中，吃用當然是世上最好的，卻從來沒吃過糖人，第一次品嘗，新鮮無比，當然覺得好吃極了。

沈傲走過去，二人一邊吃糖，一邊道：

「陛下，這糖人是個老頭做的，微臣告訴老頭，他這糖人要送到宮裡去，叫他明日打個招牌出來，結果……他卻是不信，只當微臣是糊弄他。」

趙佶不由哈哈大笑，道：「這倒是有意思，可見他沒有這個際遇，否則打出招牌來，這生意定然比別家興隆百倍了。」

沈傲頷首點頭道：「微臣卻有這個際遇，恰好撞到了陛下，又恰好和陛下有些緣分，否則微臣現在要嘛還在市井中吟詩作詞，矇騙些錢財；再不然就算是中了狀元，現在至多也不過是個知府罷了。而且微臣這個人做事不留餘地，不知要得罪多少人……」

沈傲苦笑了一聲，道：「現在罷官流放了也不一定。」

趙佶心裡一暖，不禁道：「你知道便好。」他突然道：「你的孩子就要出世了，名字可曾想好了嗎？」

沈傲笑道：「微臣哪裡還有心思想這個？莫非陛下已經有了主意？」

趙佶呵呵一笑，道：「等生出來再說。不過……朕打算敕他爲藩王，王號也想好了，就叫越王。」

沈傲驚訝地道：「陛下，福建路可是說好了給沈雅的。」

趙佶搖頭道：「朕的外孫，豈能去和沈雅爭利？他的藩地在廣南東路，到時你仍舊是越國監國。」

沈傲想了一下，立即明白了怎麼回事，西夏如今的地位已經不是昔日的吳下阿蒙，行情見漲，當然不能再以福建路交換了。這廣南東路本就是要搭上的，只是趙佶這老油條實在太陰險，明明是交換，卻說成賞賜，而且賞賜的還是他自家的外孫。

沈傲苦笑道：「陛下好算計。」

趙佶挑了挑眉，聽了這話反而露出喜色：「你算計朕，朕當然也算計你。」

沉吟了一下，又覺得自己身爲長輩，說出這句話實在有些不太合適，便淡淡笑道：

「大不了將來朕給你補償就是，你如今就要有兩個孩子，朕只是希望你一視同仁，嫡長子固然緊要，可是次子也不能罔顧；你若是有偏頗，朕這個做外公的，自然要護著自家的外孫。」

沈傲道：「這是當然。」

趙佶笑嘻嘻地道：「只是南洋水師交給越王還是西夏王，朕還沒有想好。」

沈傲心裡想，補償還沒看到一星半點，又來算計了。連忙正色道：「南洋水師歸西夏王麾下，這不是陛下金口許諾的嗎？」

趙佶笑呵呵地道：「許諾是許諾了，不過朕如今有兩個主意，你要不要聽？」

「請陛下示下。」

趙佶雙目闔起，好整以暇地靠在御榻的後墊上，道：「南洋水師，不如一分為二，由西夏王和越王共同掌管如何？」

沈傲聽了，心想，人都還沒落地，家產就分乾淨了，不好，不好；於是立即搖頭，正色道：「南洋水師是西夏國的，陛下總不能言而無信吧？」

趙佶淡淡一笑道：「朕當然不會言而無信，只是和你商量商量而已。」

沈傲在趙佶面前是屬於得寸進尺的那種人，立即理直氣壯起來，高聲道：「商量，有什麼可商量的？說好的事豈能反悔，君無戲言啊。」沈傲苦口婆心地道：「天子說的話豈能是兒戲？若是連陛下都沒有信譽，又何來人們的信服？陛下還請三思。」

趙佶略帶尷尬地道：「朕當然信守承諾，你不肯也就罷了，可是廣南東路也是隔海，豈能沒有水師？那便折中一下，將來越王設立西洋水師如何？不過這水師的靡費，得要藩國自己提供。」

沈傲眨了眨眼，這好像不吃虧，趙佶是想一碗水端平，卻也無形中給藩國增加了編制，沈傲如今什麼都缺，最不缺的就是銀子，拿錢砸出一兩支艦隊來還不是玩兒一樣？有了兩支水師，還怕沒有收益？

沈傲雙手一攤，很是無辜地道：

「陛下太為難微臣了，再建一支西洋水師，又不知要靡費多少錢。好吧，看在陛下的份上，微臣只好趕鴨子上架了。其實……有一支水師就好，為什麼要建兩支？哎，微臣見了陛下總是要吃虧，罷罷罷……陛下的虧，微臣只好捏著鼻子吃了。」

說罷，沈傲眨了眨眼睛，露出很純潔的神色。

趙佶卻是搖頭道：「沈家一家就坐擁兩大水師，我大宋也不過如此，朕細細想來又覺得不妥。」

沈傲生怕他反悔，道：「陛下這是什麼話？其中一個可是陛下的親生外孫，難道陛下連自己的外孫也猜忌？」

趙佶忙道：「朕不是這個意思，不過既是藩國，徵召軍馬也是常有的事，朕還能說什麼？」

趙佶不再猶豫，二人算是一拍即合，大宋所圖的是萬里的江山，沈傲所圖的卻是無疆的海洋，沈家更像是後世的東印度公司，被皇權授予了徵收賦稅、招募軍隊的權力，往後會變成什麼樣子，就是沈傲也不知道了。

接著，二人一起去後宮轉了轉，沈傲去看了安寧，安寧的肚子已經越來越大，隨時準備待產了，見到沈傲，安寧的眼眸不禁一亮，牽著他的手道：

「我還當孩子出世時見不到他的爹爹呢！」

安寧的俏臉上煥出發自內心的欣喜，美眸中流出一絲雀躍，豐腴的身子隱隱透出成熟少婦的風韻。

沈傲陪著她說了會兒話，安寧問起祈國公的事，道：

「我在宮裡也聽了些消息，原本想求太后說說話的，可是太后卻說這事連她都做不得主，父皇也只是敷衍了事。她們都去大理寺了嗎？還有那麼放肆的人，那一日我若是也在就好了。」

她微微抬起下巴，露出驕傲的神色道：「我倒要看看，他們是不是有著天大的膽子，連我這個帝姬的駕也敢擋著。」

沈傲牽著她的手，笑道：「和這種小人計較什麼？宮裡住得慣嗎？原本是要給你帶禮物來的，不過……」

安寧善解人意地道：「不過你心裡有心事，祈國公一日含冤，你就一日心亂如麻，是不是？」

沈傲紅著臉，很純潔地道：「一下子就被你說中了。」

二人低聲說著話，安寧啊呀一聲，道：「方才太后還叫我過去呢，不如我們一起去問個安吧？」

沈傲小心翼翼地攙著她，一起到了景泰宮。

太后喜滋滋地喚他們進去，沈傲先扶著安寧坐下，向太后行了禮，道：「微臣見過太后。」

太后顯得精神極好，手裡拿著一朵珠花，朝他笑道：

「總算是回來了，你這做丈夫的真不稱職，把妻兒都丟在這兒，倒是讓我們娘家人來照看，自己卻去會情人了。」

沈傲心說，真是冤枉啊，這是你兒子拿刀逼著我去的，不去就要亡國亡種，若不是靠我出賣色相，天下有這麼容易太平嗎？如今卻說我私會情人?!只好苦笑一聲道：「太后言重了。」

其實太后是個沒什麼顧忌的人，剛剛還訓了一句，接下來便喜滋滋地道：「沈傲，你近前來看這珠花，真是好看極了。」

沈傲想，我哪裡懂這個？你叫我去鑑定真僞還差不多，讓我去品評它的樣式，還不如玷污了我算了！心裡腹誹著，雙腿卻是不自覺地湊上去。

這珠花果然炫目極了，銀色的釵身，上面點綴著珍珠，珍珠圓潤無比，每一顆都一樣大小，組成荷花的圖案，沈傲不禁道：「好東西，市面上至少能賣七百貫。」

太后一聽沈傲說到價錢，面上立即露出不悅之色，沉著臉道：「你也真是的，怎的滿口銅臭。」

沈傲喊冤道：「太后這話當真委屈我了，太后想想看，若是我見了這珠花愛不釋手，還露出賞心悅目的樣子來，豈不是變態變童？」

太后不禁哂然一笑，道：「好吧，你說得有理。這珠花是鄭妃送給哀家的，也難爲了她，總算還惦記著哀家這老太婆，每隔三五日，總有些小玩意兒孝敬，她每個月的月例只有這麼多，哀家真怕她的用度不夠。」

沈傲聽到鄭妃兩個字，整個人變得深沉起來，道：「微臣在宮外，也常常聽到鄭妃娘娘的賢慧之名。」

說到鄭妃，太后立即喜滋滋地道：「對，宮裡的女人就要這個樣子。」

沈傲淡淡地道：「不過，太后也不必怕鄭妃娘娘的用度不夠。」

「噢？」太后不禁道：「這是爲什麼？」

沈傲很陰險地道：「微臣聽說，懷州鄭家家產億貫，便是門房的小廝都是鮮衣怒馬，穿著綢緞衣衫的，據說懷州鄭氏曾與人鬥富，太后猜猜鄭氏是如何贏的？」

太后對鄭氏頗有好感，便笑吟吟地道：「你說就是，整日賣關子做什麼？」

沈傲淡淡道：「鄭氏尋來一頭大豬，用珍珠粉去餵食。」

太后不禁道：「那大豬豈不是要被毒死？」

沈傲搖頭道：「毒死自然會毒死，不過豬的胃口極好，珍珠粉的毒性不強，所以在毒死之前，這大豬至少能吃下數十斤的珍珠粉……」

「數十斤……」太后不禁咂舌，道：「便是宮裡也靡費不到這個地步，哀家用珍珠粉敷面，也都是小心著用的。」

沈傲笑呵呵地道：「所以太后不必爲鄭妃娘娘擔心，便是再多的珍品，也窮不了鄭妃娘娘。」

這鬥富的事例，還真是懷州鄭氏所爲，只是這是幾十年前的事，那時候只怕鄭妃還未出生呢，但足以說明鄭氏的確富可敵國。

太后仔細地玩味著這句話，突然失了興致，連臉都繃直了，隨手將珠花丟在一邊的小几上，道：「倒是哀家自作多情，白替她擔心了。」

想到連鄭家的奴才都是鮮衣怒馬，又是拿珍珠粉去餵豬，突然覺得有些噁心，他們鄭家去鬥富都可以靡費萬貫，卻拿著個七百貫的珠花來哄她這個老太婆。說得好聽些，這是打發；說得難聽點，在鄭氏眼裡，她這太后真真是連那豬都不如了。

沈傲見太后把珠花隨手拋在一邊，不禁道：「太后為什麼不戴上看看，我看這珠花很襯太后呢。」

太后抿了抿嘴，心想，這個小糊塗，幾十斤的珍珠粉都襯了那大豬，這星點大的珠花卻襯我這太后嗎？可是沈傲的樣子很真誠，太后自然不疑有他，只當他沒有往深裡想，便道：

「哀家這樣的珠花多的是，留著它也沒什麼用。宮外的東西，畢竟比不上宮裡的御物，哀家只瞧著新鮮了一下，這新鮮勁一過去就不喜歡了。」

沈傲順勢道：「這個倒是真的，別看宮外的東西多值錢，可是真正的好東西卻都在內庫。太后可知道前唐朝宮廷的御物，或許只是一方硯臺，價值其實也不過幾十貫而已，可是到了如今能賣多少錢？」

太后道：「哀家怎麼知道。」

沈傲伸出三根手指，道：「三千貫。」

太后不禁咂舌道：「這麼多？」

沈傲呵呵笑道：「這還算是少的呢，若是遇到識貨之人，便是五千貫也不是什麼難事，太后可知道爲什麼嗎？」

他自問自答地道：「因爲這東西是宮裡的貴人用過的，這就足夠了，物品的價值不止是它本身，就比如這珠花，在鄭氏手裡至多也不過七百貫而已，可若說太后戴上了它，拿出去外頭至少就五千貫了。天下最珍貴的不是什麼珍珠粉餵豬，也不是什麼鮮衣怒馬的奴僕，而是陛下和太后，所謂千金之軀便是這個意思。」

這句話把太后逗樂了，她掩嘴道：「你這麼說，是不是見了哀家，就像見了一尊金人一樣？」

沈傲笑嘻嘻地道：「太后比金子更貴重。」

太后道：「你這話說得也有道理。」她的心情又開朗起來，言語中帶著一絲譏誚地道：「可笑的是，有些人卻以爲自家金玉滿堂便去和人鬥富，這種人最是讓哀家瞧不起，他再富，能比得過內廷？就算他的奴才鮮衣怒馬，可是內廷一道旨意下去，就可以決定他全家的榮辱。他就是有萬斗的珍珠粉，還不是要巴結哀家？這個道理，說出去誰都懂，可是有的人卻總是要裝模作樣，卻不知這家財都是宮裡給的，他們的榮辱生死，都掌握在宮裡。」

沈傲忍不住翹起拇指道：「太后這句話真是發人深省，微臣一定要記下來，每日清早起來誦讀一遍，不讓自己將來得意忘形。」

他心裡想，我太無恥了，簡直就是挑撥是非的高手，又忍不住嘆氣，在挑撥離間這條康莊大道上，自家實在是曲高和寡、知音難覓啊。

不過……這鄭氏……沈傲想到鄭氏，心裡忍不住發出冷笑，世上從來沒有無緣無故的挑撥離間，若不是他們私通女真人，發的是國難財，甚至構陷周正也有他們一份，沈傲才沒這閒工夫去做這種爛屁股的事。

太后咯咯一笑，道：「你說的倒像是哀家講的話和陛下一樣，是金口玉言了！不過，你既然從西夏回來，難道就沒有給哀家準備禮物？依哀家看，你和某些人也沒什麼兩樣，就是嘴上會討人歡心。」

沈傲笑道：「太后又冤枉我了，禮物已經送到了，太后難道沒有收到？」

太后愣了一下，道：「禮物在哪裡？哀家什麼時候收到了？」

# 第一〇九章 窮奢極欲

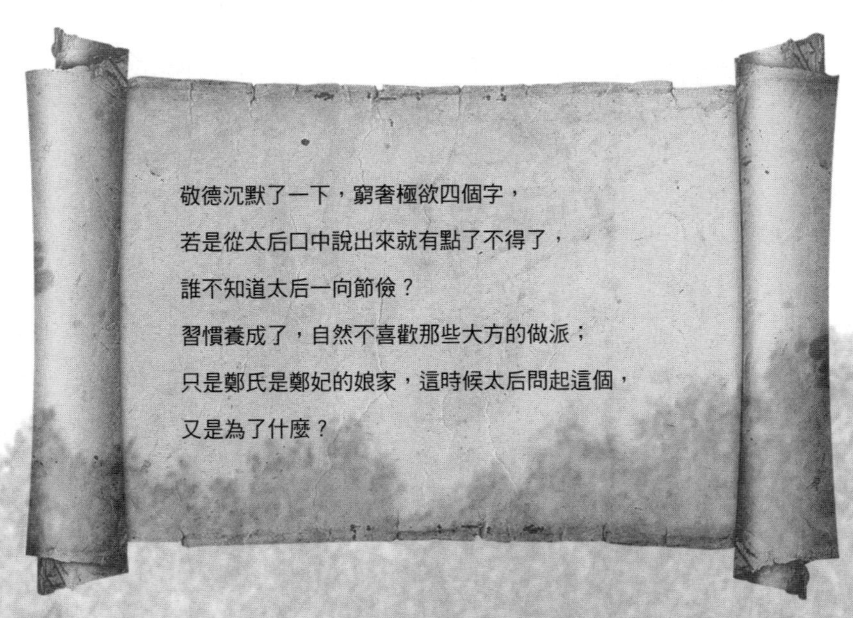

敬德沉默了一下，窮奢極欲四個字，
若是從太后口中說出來就有點了不得了，
誰不知道太后一向節儉？
習慣養成了，自然不喜歡那些大方的做派；
只是鄭氏是鄭妃的娘家，這時候太后問起這個，
又是為了什麼？

沈傲慢吞吞地道：「昨天夜裡，我已送去了晉王府，足足十萬貫的錢引現鈔。」

聽到十萬貫三個字，太后不禁咂舌道：「這麼多？」

沈傲笑呵呵地道：「我在西夏賺了些錢，送點禮物是應當的。」他很單純地道：「我這人一向不太懂人情世故，送禮的規矩也不懂。所以直接把禮物送到了晉王那兒，禮物也懶得買了，直接拿錢過去，他若是喜歡什麼就買什麼。」

若說沈傲不懂如何送禮，那真是很傻很天真了。沈傲這一份厚禮，讓太后頓時笑顏逐開，連連道：「好，好得很。」

晉王是太后最疼愛的兒子，平時太后最喜歡做的事，便是存些月例偷偷塞到晉王府去，總是怕晉王缺錢花，其實晉王府每月都有足夠的錢糧，再加上宮中的賞賜，足夠晉王隨意揮霍，可是在太后心裡，卻總是覺得不夠。如今沈傲一甩手就是十萬貫丟出去，恰好丟進了太后的心坎兒，令太后整個人都無比舒坦。

沈傲拍了拍胸脯道：「往後晉王若是缺銀子，但管來找我沈傲，有我沈傲一口飯……少不了晉王的肉粥吃。錢是身外之物，有錢自然是一起花嘛。」

他心裡想，有朝一日紫蘅過了門，他的就是我的，現在送出去，到時候再搬回來，左手換右手罷了。

太后連聲道：「這話說得好，都是自家人，哀家也一直將沈傲當自家人看的。」

沈傲撇撇嘴道：「下次晉王大壽，我再送六十萬貫去。」接著很是闊綽地繼續道：「我要送一只金桃，要有一人這麼高，重三百斤，恭祝晉王洪福齊天。」

太后掩嘴笑道：「不必這麼大的桃子……」下一句話令沈傲都替她臉紅：「折現就成了，省得麻煩你。」

沈傲大汗，朝安寧看了一眼，安寧抿嘴含笑，嫣然道：「看他這樣子，倒是和那鄭氏並沒有什麼區別。」

太后立即為沈傲申辯道：「不一樣，不一樣，那鄭氏是將珍珠粉餵豬，沈傲則是孝敬自家未來的岳丈，也等於是孝敬哀家。」

沈傲正色道：「我聽到宮外有人說，鄭妃就要封貴妃了？太后，能不能提前讓我知道？若是消息當真，我少不得要備些禮物到鄭府去，也好結交一下是不是？」

太后突然沉默了一下，才道：「這消息，你從誰的口中聽來的？」

沈傲驚訝地道：「莫非是以訛傳訛？」

太后冷笑道：「只怕不是空穴來風吧。」

沈傲道：「太后只當我沒有問就是，哈哈……太后今日為什麼不打雀兒牌？」

太后抿抿嘴，眼眸中閃過一絲疑色，隨即又輕鬆地道：「都是那鄭妃，本來是要打的，誰知她送來了個珠花，耽誤了工夫。」之前得了珠花還笑得合不攏嘴，如今連送禮都成了罪過；若是鄭妃知道，非要傻眼不可。

沈傲道：「過幾日我再來陪太后打，不過這時候該回去了，哎……」他嘆了口氣，道：「家裡出了點事，不能太晚回去，省得讓女眷們擔心。」

「你說的可是祈國公的事？」

沈傲頷首點頭道：「我這姨父對陛下的忠心自是不必說的，如今被人構陷，現在還在牢獄之中，堂堂國公，一輩子沒吃過什麼苦，今日卻是把什麼苦都吃盡了。還有我那姨母，是最謙和的人，平時一心禮佛，保佑我大宋風調雨順，保佑太后身體康健、陛下龍體安康，誰知道……」

沈傲苦笑道：「誰知道天意弄人！太后，我先告退了。」

太后不由動容，隨即道：「這事哀家也聽說了一些，說是商人不肯賣糧還屯糧，是不是？」

沈傲搖頭道：「不是不賣，是逼著人上百倍的買，一斗米，要拿銀子才肯換，我這姨父是欽差，手上的錢也是國庫的，若是真的允了他們，朝廷豈不是把錢往外頭一箱箱的送給這些不法的奸商？」

太后淡淡道：「這是命數，不管怎麼說，祈國公辦事不力也該嚴懲。」

沈傲微微一笑，道：「懷州商人裡頭，據說那鄭氏就是打頭的。說起來，沒有鄭氏，祈國公還會懲治不了幾個奸商？太后，陛下已經下了旨意，令我過幾日去清查太原弊案，我先在這裡和太后打個招呼，畢竟鄭氏也是外戚，若是真查出來和他們有干係，我也只能公事公辦了。」

太后剛剛對鄭氏的奢靡感到不悅，這時候也沒有袒護，只是道：「既然是陛下的旨意，那你就儘管去查！」她冷冷地道：「宮裡有哀家，哀家倒要看看，是誰給他們撐的腰。」

沈傲點頭道：「有太后這句話，我就好辦了。」

說罷，別了太后和安寧，沈傲才從宮中出去。

太后心神不屬地與安寧有一搭沒一搭地說著話，說了些安胎的經驗，讓人攙扶著安寧回去歇息。她盤腿坐在榻上，整個人變得肅穆起來，淡淡道：「把敬德叫來。」

敬德小跑著進來，躬身道：「太后有何吩咐？」

太后淡淡道：「鄭妃是懷州人吧？」

敬德頷首點頭道：「這個奴才知道，確實是懷州人。」

太后慢吞吞地道：「據說他們富可敵國，窮奢極欲，這事你知不知道？」

敬德沉默了一下，窮奢極欲四個字，若是從太后口中說出來就有點了不得了，誰不

知道太后一向節儉？雖然節儉的錢都去體己那小兒子了，可是習慣養成了，自然不喜歡那些大方的做派；只是鄭氏是鄭妃的娘家，這時候太后問起這個，又是爲了什麼？

敬德畢竟是個聰明絕頂的人，只略略一想，便明白了，一定是沈傲方才在太后面前說了什麼。

敬德在宮裡一向是對誰都乖巧，對楊戩如此，對鄭妃也是如此，誰不知道近來鄭妃很受陛下的寵溺？今日倒是令他爲難了，若是點了這個頭，就是得罪鄭妃；可要是不點這個頭，什麼時候那平西王和楊戩聯起手來，給他過河拆橋也不一定。

況且他和沈傲好不容易有了點交情，也不能全然不顧情面。

他猶豫了一下，最後將寶押在了沈傲身上。這宮裡的寵幸還不是隔三兩年換一波？一個個妃子得寵，又一個個不聞不問，可是沈傲和楊戩不同，不說楊戩幾十年如一日的跟在陛下跟前，便是沈傲，如今既是駙馬都尉，又是平西王，聖眷長盛不衰，這是真正的銅牆鐵壁，蹲在下頭好乘涼，比那鄭妃要強多了，別看鄭妃這棵大樹風華正茂，可是誰知道她會不會下一刻就枯死？

敬德回道：「鄭氏乃是江北首富，奴才聽說，他家的宅子，並不比這宮裡要差。據說他家的僕從成千上萬，懷州的土地，十有七八都是他們家的。」

太后淡淡道：「果然是這樣。哀家還聽說，外頭有人盛傳，鄭妃要入四夫人了？」

開始若說還有猶疑，這時敬德就再沒有什麼顧忌了，眼眸中閃過一絲冷冽，道：「這話兒奴才是聽說過一些，說是賢妃要完了。」

「喔？」太后饒有興趣地淡淡笑道：「賢妃要完了？」

敬德乾笑道：「可不是嗎？如今祈國公都治罪了，賢妃還能落個什麼好？許多人都說，賢妃若是完了，這賢妃的位置，肯定是鄭妃的。」他猶豫了一下，又道：「奴才還聽說，鄭妃宮裡的那個虎子，已經開始上下活動，現在不少人都巴結著他呢，說是將來這虎子肯定也要雞犬升天的。」

太后道：「是嗎？一個內侍也能讓人巴結？」

敬德訕訕笑道：「但凡能有好處的，誰不巴結？有時候，一個奴才比主子說話還管用呢。」

太后突然道：「你呢，你是不是也這樣？」

敬德頓時覺悟自己今日說錯了話，苦著臉道：「奴才怎麼敢？」

太后道：「你不必害怕，哀家只是隨便問問而已，這個虎子真不是好東西，貴人們原本好好的，說不準就是讓這些東西教壞的。敬德，你帶兩個人去把虎子押起來，打三十個大板。」接著悠悠道：「再趕出宮去。」

敬德心中跳得厲害，打虎子……這不等於打的是鄭妃的臉？太后這是要做什麼？

敬德什麼都不敢說，立即應了一聲，飛快地走了出去。

「你，你！……」敬德指了兩個殿前侍衛，這時他也膽大起來，虎子算什麼？自家身後是楊公公、是平西王、是太后，莫說是虎子，便是當著鄭妃，他也不怕。

鄭妃所住的地方，乃是青雲閣，這裡本是一個老太妃住的地方，鄭妃後來才搬來的。

鄭妃在宮裡並不奢華，反而表現得很是節儉，甚至連衣衫都是自己動手縫補的。爲了這個，太后還曾誇過幾句。這小樓也是如此，十分安靜，典雅而不見奢靡，院落裡更是清新別致，乾淨俐落。

門口一個內侍顯然是認識敬德的，笑吟吟地過來打招呼道：「敬德公公怎麼有興致來了？莫不是太后讓鄭貴人去說話？」

此時，鄭妃正款款地坐在梳粧檯前，身後是個小內侍。這內侍弓著身，給鄭妃戴上珠花，鄭妃看著鏡中的自己，略帶幾分得意，三千佳麗，難得有帶寵的，伺候天子可不是一件輕易的事，要在無數的美人之中脫穎而出，其中所要靡費的心機和得天獨厚的風姿就不簡單了。

鄭妃淡淡地抿嘴笑了笑，似乎感覺這時候自己笑起來最是動人，於是一直保持這笑容，就像是天子就在近前，自己這般對他微笑一樣。

鄭妃似是想起了什麼，突然開口道：「虎子……」

在鄭妃身後梳頭的小內侍身子更欠低了一分，生怕聽不到鄭妃的話一樣，笑嘻嘻地道：「貴人有何吩咐？」

鄭妃淡淡地道：「給太后的珠花送去了嗎？」

虎子道：「送去了，太后一個勁兒的說好呢，說是難得貴人有這孝心，這般周到。」

鄭妃嫣然一笑，道：「還說了什麼？」

虎子笑呵呵地道：「咱家只是個奴才，太后能對奴才說什麼？不過看太后的臉色，倒是歡喜得很。」

鄭妃微微頷首，啓口道：「太后喜歡就好。你要時常去打聽，太后近來缺些什麼，告訴我，我再打發人去外頭買來。這是在宮裡，若是在外頭，太后和我就是婆媳，媳婦孝敬婆婆，是理所應當的事。」

虎子輕輕地給鄭妃戴了個鳳釵，比對了一下，又拔出來，繼續道：「奴才知道，景泰宮裡的幾個宮人都說好了的，一有消息就送來，絕不耽擱。」

虎子猶豫了一下，又道：「奴才今日聽敏思殿的幾個小內侍議論，好像陛下剛剛發了一道中旨。」

鄭妃淡淡笑道：「這旨意是發給誰的？」

「平西王……」

聽到平西王三個字，鄭妃顯出了幾分慌亂，不禁蹙起眉，道：「你繼續說。」

虎子道：「陛下要平西王去太原。」

「啊……」鄭妃驚呼一聲，道：「千真萬確嗎？」

虎子道：「敏思殿的劉公公親自草擬的旨意，楊公公按的印璽，不過，這道旨意暫時還沒有發出去，現在還存在敏思殿裡。」

鄭妃的眼眸閃動了一下，道：「你找個機會出宮，立即將消息送出去，知會李邦彥李大人一聲，李大人會知道怎麼做。」

鄭妃再也沒有照鏡子的心思了，那保持著極好的笑臉，一下鬆垮下來，雙眉之下的眼眸冷若寒霜，淡淡道：「這姓沈的還真有幾分本事，一回來就想把案子翻轉過去。」

她蹙著眉，似乎在想如何到陛下面前說些什麼，或者去尋太后說些什麼。沈傲是寵臣，她是寵妃，在鄭妃心裡，一點兒也不怕沈傲。

這時候，一個小內侍連滾帶爬地進來道：「貴人，敬德公公來了。」

鄭妃端坐不動，仍是對鏡自憐，慢悠悠地道：「太后叫我去嗎？」

小內侍哭喪著臉道：「是找虎公公的，說太后有懿旨。」

鄭妃不由微微一愣，道：「找他做什麼？」

虎子道：「貴人，咱家下去看看。」

鄭妃不禁好奇，款款站起來，走到窗臺處。這窗臺正對著前庭，往常到了夕陽灑下最後一抹餘暉的時候，鄭妃都是隱隱帶著期盼地看趙佶是否會出現。她看到虎子小跑著下了樓，下頭是敬德帶著兩個禁衛。

鄭妃看著，不由地蹙眉，這敬德好大的架子，帶禁衛來做什麼。

等到虎子小跑到敬德身前時，敬德的臉色驟然變得猙獰起來，這是發自內心的獰笑，令鄭妃也嚇了一跳。

敬德毫不猶豫地在虎子的臉上搧了一個巴掌，虎子的痛呼聲一直傳到鄭妃的耳邊。接著身後的兩個禁衛也動了手，其中一個一拳砸在虎子的面門，將他打翻，另一個則是狠狠踹了幾腳，虎子驚恐地大叫：

「這……這是怎麼……貴人……貴人……」

鄭妃站在窗臺前，身軀如篩糠一樣顫抖，雙眸閃過一絲駭然，難以置信地看著窗臺下的血腥一幕。

虎子的呼喚開始嘶啞起來，鄭妃突然意識到什麼，悄悄地將身軀移到一邊去，正好遮住了窗臺下的視線。

這時，先前那小內侍撩著袍裙急急地登上樓來：「不好了，不好了，貴人……虎公公被敬德公公帶走了。」

此刻，鄭妃的臉上化作了平靜，只是那一泓秋水般的眼眸裡仍舊閃動著一絲駭然，她淡淡地道：「我知道了，你下去吧。」

虎子再也沒有回來，像是憑空消失了一樣，幾日前還有人巴結著他，面帶討好：可是從這時候起，彷彿宮裡都變得緊張起來，鄭妃這兒也驟然門庭冷落，誰也沒有心思打聽虎子的去向，也沒人再在這裡逗留。

沈傲回到祈國公府，周恆正在門房處張望，一見沈傲回來，飛跑著出來叫道：「表哥……」

沈傲冷著臉道：「你怎麼還待在家裡?爲什麼不去武備學堂?」

周恆苦著臉道：「我告了假，韓教官也說，我現在這個樣子，還是在家裡歇息幾日的好。」

沈傲道：「歇什麼!過十天半月之後，我還要讓你隨我去太原，你這個樣子怎麼去?」

「去太原？」周恆怔了一下，隨即道：「是去爲我爹……」

沈傲不理他，打馬到了門房，將馬交給僕人，從中門進去。

周恆追上去，道：「是不是旨意下來了？表哥，你真是太好了，咱們這次去太原，一定要洗刷我爹的冤屈……」

沈傲駐腳，朝他笑道：「旨意下來了，洗刷你爹的冤屈倒是其次……」

周恆不由愕然地看著沈傲。

沈傲按著腰間的尙方寶劍，朗聲道：「最重要的是要將那夥奸商斬盡殺絕，把幕後之人揪出來，殺他全家。」

周恆牽住沈傲的手，激動地道：「表哥……沒有你，我真不知該怎麼辦……」

沈傲倒是顯得有點不好意思了，微微笑道：「你現在是不是很感動？」

周恆如小雞啄米一樣地點頭，道：「對，我很感激，很感動。」

沈傲撇撇嘴道：「沒關係，我們是一家人，有什麼好感激的。」

周恆更加感動地道：「雖然是一家人，可是我覺得無以爲報，真不知怎麼報答。」

沈傲臉色一板，將手抽回來道：「要報答倒是簡單，一共是十萬零四百貫，這些錢，都是進宮打點的靡費，你給我還來。」

周恆撓撓頭，猶豫了一下，隨即很沒心沒肺地大笑道：

「哈哈……表哥太會說笑了，我們是一家人是不是？我的錢還不是表哥的？照此理來推論，表哥的錢也是我阿姐的，我阿姐的錢不就是我的嗎？一家人不計較這個的。」

沈傲大罵一句：「混賬東西。」接著負手穿過一個月洞。

周恆追上去，笑呵呵地道：「表哥不要生氣，其實我是真的很感激。」

感激也沒見你掏出一文錢來，沈傲心裡邪惡地想著。

二人打打鬧鬧地到了佛堂，周夫人正在佛堂裡誦讀經文，虔誠無比地祈願，沈傲和周恆進去，默默地坐在一邊看著。

等到周夫人念完了一篇金剛經，從蒲團上站起來，周恆連忙去攙扶她，對周夫人耳語一句，周夫人驚訝地道：「當真？」

周恆道：「自然是真的，爹沉冤得雪有望了。」

周夫人不禁笑起來，道：「好，好，果然是皇天不負。」說罷，周夫人叫人上茶，又對沈傲道：「這一次多虧了你，否則我真不知該如何是好了。」她吁了口氣，又道：「從前說我是你的貴人，如今知道，你才是我家的貴人。」

沈傲連忙道：「姨母不要這樣說，沒有姨母，哪有今日的沈傲？人活著總會有高潮低潮，最緊要的是大家相互扶持，度過難關。」

周夫人抿嘴笑起來，連連點頭：「是這個道理，這消息該立即告訴若兒才是。」便叫了個丫頭，去給周若報信。

周若驚喜地小跑著進來，劈頭便問：「爹要回來了？」

周夫人憐愛地看了她一眼，道：「只是有了眉目，哪有這麼容易回來？」

周恆道：「和回來也差不多了，有表哥在，只是早晚的事。」

沈傲笑道：「若兒原來對我這麼有信心，我竟是第一次知道。」

周若似笑非笑地看了他一眼，道：「這是當然，你是我的夫君對不對，若是連我都不相信你，你這做夫君的情何以堪？」

眾人說了一會兒話，周若問安寧在宮裡是否住得慣，又問孩子什麼時候出生，沈傲雙手一攤道：「這些我都沒問。」

周若不由地瞪了沈傲一眼，很是俏皮道：「就知道你粗枝大葉，這麼緊要的事也不問。」

周夫人還有午課，所以沈傲和周若、周恆便退出佛堂去，等周若去午休了，沈傲將周恆拉到一邊，鄭重其事地道：「你想不想救你爹？」

周恆道：「自然是想。」

沈傲板著臉道：「那我有一件事交給你做。」

周恆道：「表哥吩咐就是。」

沈傲哂然一笑道：「你叫幾個兄弟盯緊鄭氏在汴京的宅子，到時候彙報給我知道。」

周恆不禁問：「弄清這個做什麼？」

沈傲冷笑道：「讓他們死無葬身之地。」

鄭氏這樣的龐然大物，不止是在朝中已經有了根基，就是在宮中也影響不小，太后耳根軟，容易搖擺不定，此時雖偏向了沈傲，說不準下一次又被鄭妃拉攏了去。對李邦彥等人，沈傲是一點都不怕的，但要讓鄭氏在宮裡的力量使不上勁來，就非得令那鄭妃吃點苦頭不可。

若是以往，沈傲根本沒有興致去和一個女人計較，可是今日涉及到了自己的至親，就容不得其他了。他要讓人知道，一旦他平西王發起狠來，絕不是好惹的。敢動祈國公，就要承擔得起後果。

鄭府在汴京的宅邸離皇城並不遠，占地數百畝的大宅，占了足足一條街，仍是沿襲著懷州的建築風格，門樓用的是磨磚對縫的灰色磚牆簇擁著懸山式，房脊的兩端高聳著造型簡潔的雕花。椽頭之上，整齊地鑲著一排三角形的「滴水」，簷下，則是漆成暗紅色的大門。厚重的門扇上鑲著一對碗口大小的黃銅門鈸。

一頂八抬大轎穩穩地落在門前，從轎中鑽出來的，是大名鼎鼎的李浪子李邦彥。

門房見了李門下的轎子，連忙迎過來，攙扶著他，道：「李大人怎麼有空來了？爲何不先叫人知會一聲，小人也好通報公爺出來迎接。」

李邦彥陰沉著臉，道：「公爺在府上？」

「在，在，公爺和二爺在仙雅閣喝茶。」

李邦彥道：「引我去。」

門子見李邦彥臉色不好看，也不敢說什麼，小心翼翼地在前帶路。

繞過了影壁，穿過一棟棟閣樓，轉過一處月洞，一座大湖便顯現在眼前，小湖的中央是一座孤島，小島上矗立著一座閣樓，這時正是清晨，淡淡的薄霧升騰在湖面上，籠罩著這樓閣，直如人間仙境，讓人流連忘返。

立即有一艘花船靠了過來，搭上舢板，請李邦彥上了船，一直向孤島划去。

# 第一一〇章 順手牽雞

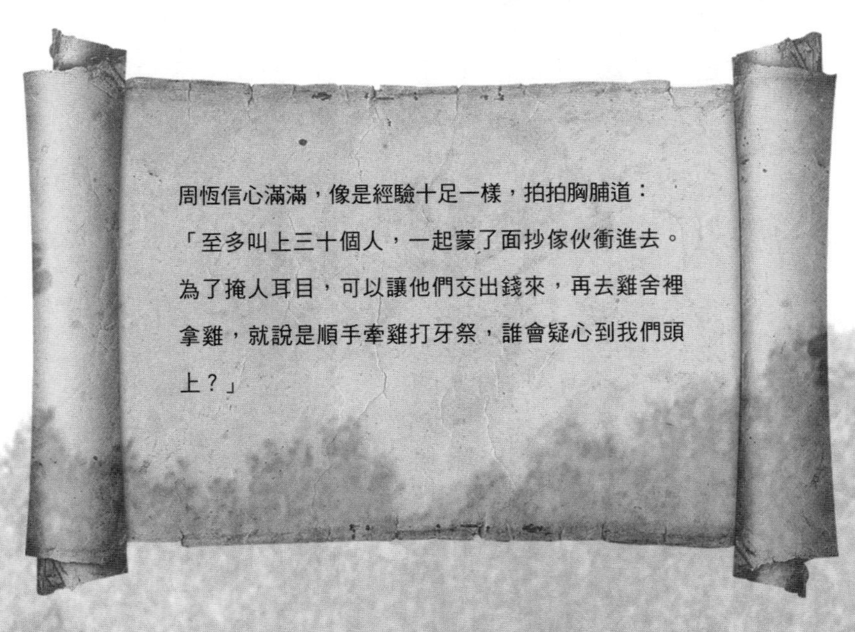

周恆信心滿滿，像是經驗十足一樣，拍拍胸脯道：「至多叫上三十個人，一起蒙了面抄傢伙衝進去。為了掩人耳目，可以讓他們交出錢來，再去雞舍裡拿雞，就說是順手牽雞打牙祭，誰會疑心到我們頭上？」

李邦彥來鄭家不是一次兩次，每次見到這個，便忍不住要讚嘆一番，稱羨不已。可是他今日心中有事，所以始終陰沉著臉。

待花船划到了孤島，李邦彥從船上下岸，早有幾個值守的美婢款款過來，福了福身道：「李大人……」

其中一個先去通報，另一個引著李邦彥往閣樓深處走去。閣樓前還有一處庭院，看上去簡樸，可是認真一看，那大槐樹下的石墩都是取材自漢白玉，閣樓的屋脊更是雕梁畫棟，令人眼花繚亂。

到了閣前，是一方匾額，金粉為底，烏漆的濃墨寫著「仙雅閣」三個大字。李邦彥駐足了一下，不由得叫了一個好，這三個字明顯是天子的手書，鶴體行書配上這如蓬萊一般的仙境，當真是契合到了極點，就算換做是王右軍的行書，也未必能讓人感覺到如此貼切，反而會有一種違和之感。

李邦彥舉步進去，門口又是幾個美婢提著茶壺、茶盞、糕點站立在一旁，低垂著頭，那俏生生的模樣兒可人極了，尤其是最裡的兩個美婢，竟是雙胞胎，二人穿著一樣的衣衫，連髮鬟上的珠花也是毫無二致，只怕就是此間的主人，也未必能分得清她們。

閣樓裡，坐著一個老者，白鬚白髮，皮膚倒是保養得極好，臉上皺紋不顯，紅光滿面。這人便是鄭國公鄭克。

鄭克原本只是個商賈，家世雖然富有，在朝中卻算不得什麼，偏偏他生了個漂亮女兒，自從送進了宮，這鄭克就逐漸發跡了，先是敕爲懷州侯，此後又加敕爲公，大宋的公爵雖然不太值錢，可是對他這大商賈來說，卻是一道護身符，許多生意都可以明目張膽了。

鄭家的家業富有江北，又捨得結交大臣，尤其是懷州的鄉黨，只要考中了秀才，每到逢年過節，鄭家總會送些禮物過去；若是有讀書人手頭拮据，只要開口，鄭家一向是要多少給多少。因此懷州的官員，一向以鄭克馬首是瞻。莫說是別人，就是李邦彥見了鄭克，也要乖乖叫一聲鄭公。

坐在鄭克下頭的，是一個年紀較輕的中年男子，肥頭大耳，臉上總是帶著笑容，叫人一見便生出親近。這是鄭家的二老爺鄭富，懷州人都知道，鄭家的生意都是這位二老爺打點的，反是這鄭克一向不過問生意上的事。

「鄭公……」雖是個甩手掌櫃，李邦彥見了他卻不敢露出一點不尊重，乖乖地行了個禮，道：「鄭公的身體近來還颯爽嗎？」

鄭克捋鬚頷首對鄭富笑道：「士美如今已貴爲宰相了，大清早居然還有雅興來見我這閒人，想必是無事不登三寶殿了。來，坐下說話。」

趁著李邦彥坐下的功夫，鄭克笑道：「今日一清早，在這兒釣了三條肥魚，已經叫人去做魚羹了，士美可以嘗嘗。」

他們說的都是懷州的鄉音，尤其是鄭克，更是口音濃重，可是偶爾又會夾雜著幾句京話，若不是經常和他對話的，還未必能聽得懂。

鄭富借機道：「李大人清早過來，肯定是有事，先聽正事吧。」

李邦彥苦笑一聲，道：「宮裡剛剛傳出來的消息，鄭貴人跟前的虎子被人拿了，現在還生死未卜……」他淡淡地道：「據說是打了三十丈，人就死了，直接抬出了宮去。」

方才鄭家兩個老爺還在說笑，這時的表情都露出聳動之色。

鄭克闔著眼眸，若有所思地道：「誰這麼大的膽子？那虎子好歹也是個主事，又是碧兒跟前的親近內侍，怎麼說打就打？」話剛說完，他突然覺得這句話有點多此一問，人家既然敢打，肯定是有依仗，說不定……

李邦彥道：「動手的是景泰宮的敬德……」

鄭富抿嘴不說話了。敬德……這人誰不知道？乃是太后跟前的貼身太監，敬德動手，八成是太后授意的。

鄭富不禁道：「怎麼突然惹到了太后的頭上？以往傳出的消息，不都是說太后對碧兒很是滿意的嗎？」

「問題就出在這裡，據說虎子被打死之前，沈傲入宮面見過太后。還有一個消息，陛下已經下旨，太原的事由沈傲欽命徹查。」李邦彥道。

鄭富冷笑道：「這姓沈的看來是要和我們鬥到底了！」

李邦彥淡淡道：「可不是？才回來幾天，就上了槍棒，一個不好，只怕要東窗事發了。」

一直沒有說話的鄭克臉色平淡，顯得榮辱不驚，只是微微一笑道：「動了祈國公，就等於是動了沈傲，他有這動作，算不得什麼意料之外。」他慢吞吞地繼續道：「沈傲唯一倚靠的，不過就是聖眷而已，其他的……」

鄭克露出輕蔑之色道：「朝廷裡有士美，財帛有懷商，哪一樣都不是他能比擬的。陛下那兒我倒是不擔心，有碧兒在，再怎麼樣也出不了事；至多不過是陛下出面，息事寧人罷了，難道還能殺了我們的頭？」

李邦彥也是一隻老狐狸，只是心機還欠缺了一些火候，聽了鄭克的話不禁頷首道：「不錯，只要陛下還顧念著鄭妃，沈傲還能拿我們怎麼樣？」

鄭克卻是搖頭苦笑，淡淡道：「這也未必……姓沈的聰明之處，就在於他尋到了另一個置我們死地的辦法。」

鄭富方才還鬆了口氣，聽兄長這麼說，手不禁哆嗦了一下，道：

「這世上除了皇上，還有誰能將我們置於死地？」

「是太后……」

這時，李邦彥終於明白了。

鄭克滿是疲倦地吁了口氣，很是落寂地道：「若是太后出面，鄭妃又有什麼用？所以沈傲直指景泰宮，這便是爲什麼沈傲才從宮中回去，虎子就被敬德打死……」他繼續道：「太后只怕是聽了他的話，要教訓我們鄭家了。」

李邦彥久居官場，當然知道太后的分量，有時更是連皇上都不能違背，更何況後宮本就是太后主掌，若是太后與沈傲站到了一起，鄭妃一旦失寵，他們手上這張最好的牌也就失去了效用，到時沈傲再借聖眷來對付鄭家和他李邦彥，就輕巧得多了。

鄭克慢悠悠地道：「不必著急，太后沒有去尋碧兒，而是拿虎子開刀，這就是說，太后只是生出了嫌隙，只是對碧兒發出警告，事情還沒有到最壞的地步。」他悠悠地道：「我聽說，太后一向節儉，節儉之人必然好財，只要她喜愛金銀珠寶就好辦，任他沈傲有三寸不爛之舌，我鄭家就拿萬貫家財來對付。」

鄭富頗爲不捨地道：「兄長的意思是……」

鄭克淡淡道：「汴京這邊有多少現銀？」

鄭富道：「不過七八萬貫而已，這些年生意做得大，錢都放在生利的地方，短時間裡要籌措現錢，只怕並不容易。再加上前些日子大肆收購了許多的糧食，誰知那祈國公不識相，現在還屯在太原的庫房裡變現不得。至於商隊就更不能動了，女真那裡催貨催得急，沒有轉動的資金，到時候要出事的。倒是老家那兒還能抽出幾十萬貫來，大哥，夠嗎？」

鄭克冷冷一笑，道：「這點錢怎麼打動人心？沒有一百萬貫，這禮也送不出去。」

鄭富咬咬牙道：「那就請兄長給我十天的時間，十天之內，一定把銀錢籌措出來。」

「十天……」鄭克的眼眸中掠過一絲憂慮，隨即點頭道：「好吧，十天，而且要的全部是百貫的錢引，到時候一併送去晉王府。」

「晉王府？」鄭富不禁愕然，隨即明白過來，與鄭克相視一笑，道：「我明白了，這事兒交給我去辦，就是生意不周轉，也要把錢籌出來。」

三人又說了一會兒話，李邦彥憂心忡忡地道：「現在囤積的糧食又賣不出去，這些糧食都是按市價三、四倍購來的，若是再過幾個月，等朝廷把糧食調撥過去，虧損就不止百萬了。戶部這邊我還能再擋一擋，可是再過些時候，只怕就要開始撥糧了，鄭公可有辦法嗎？」

原本以李邦彥的想法，只是想拉著祈國公一起發財，反正虧的是國庫，祈國公只要點了頭，肯定也有他的好處。因此懷州商人大肆在周邊的路府高價收購糧食，就指望著做一次一本萬利的生意。

另一方面，祈國公發了財，那平西王就是個真愣子，難道還能找祈國公算賬？李邦彥這一手確實毒辣，只是萬萬沒想到祈國公竟是不肯同流合污，結果事情鬧到這個不可收拾的地步。

如今沈傲已經開始動手，鄭府也有了應對之策，可是花了大價錢囤積的糧食總不能堆放在府庫裡發霉，況且這一趟生意盈利實在太大，不繼續做下去實在可惜。

鄭克慢悠悠地喝了口茶，想了想道：「糧食當然要賣，時間拖得越久，對我們越有好處，眼下朝廷雖是讓邊軍勻了些糧食出來，可是至多也不過吃一個月而已。只要太原缺糧，就不怕有人不就範。」他冷冷一笑，繼續道：「這筆生意一定要做，沈傲不是也要去太原嗎？好極了，就讓他去，讓他眼睜睜看到災民沒有飯吃，人要嘛餓死，要嘛就是狗急跳牆，餓死了，他這欽差是罪，若說狗急跳牆再激起民變，他沈傲就是有老天爺袒護，也讓他吃不了兜著走。」

李邦彥心裡想，這個倒是，不拿出糧食，就是皇帝去了，太原也束手無策，管他沈傲是去徹查還是做什麼，只要他在太原一天，不論有人餓死或是激起民變，結果都是他倒楣。他要去，就讓他去好了。

鄭克道：「不過等錢籌好了，老二，你還是去太原一趟，這沈傲也不是好對付的，先和那些商家們統一下口實，讓他們不要亂說話，省得讓人抓住了把柄。」

鄭富呵呵笑道：「都是一條船上的螞蚱，只要兄長和李大人肯爲他們做主，誰敢亂說？」

李邦彥見天色不早，聽了鄭克的安排，心裡也有了幾分計較，便起身告辭。

鄭克道：「爲什麼不等吃了魚羹再走？」

李邦彥苦笑道：「門下省還有許多事沒有釐清，再說，我在這裡逗留得太久，也難免會有人說些閒言碎語，鄭公，李某告辭。」

鄭克倒也淡然，笑吟吟地將他送到渡口去，叮囑道：「做好你的門下令，不相干的事，老夫自有主張。只要宮裡穩住，又有何懼？」

李邦彥點頭道：「鄭公不必再送。」

登上了船，李邦彥懸著的心總算放下，他其實對沈傲有一種難以言語的恐懼，沈傲可說是官場的煞星，不知多少人栽在沈傲的手裡。他自認自己比王黼要多幾分本事，可是比起蔡京，卻又差了幾分。不過今日鄭克一番話，倒是讓他定下神來。

沈傲不是神，他也有弱點，他最大的依仗也不過是聖眷而已。李邦彥心裡想：聖眷又如何？只要抓住他的弱點，一樣令他吃不了兜著走。

雖是這樣想，李邦彥仍是覺得有些放心不下，又想，如今雙方爭奪的焦點都是太后，沈傲一向懂得討人歡心，不知道下一步會怎麼走？不過……一百萬貫的數目，足以讓太后不偏向沈傲，這……就夠了。

天氣漸漸有了涼意，長街上飄滿了落葉，只是這汴京永遠都沒有蕭索蒼涼，人流仍是如織，到了夜裡，萬家燈火點亮起來，將暗淡無光的夜空也都照亮。

一輛大車穩穩地停在祈國公府，接著幾個人魚貫下來，沈傲走在最前，劉文叫了幾個下人提著燈籠迎出來。

劉文笑吟吟地道：「王爺……」

沈傲淡淡笑道：「我帶著一家人來這裡蹭飯吃，周恆回來了沒有？」

劉文訕訕笑道：「王爺說笑。」接著道：「恆少爺剛剛回來，正準備去王府呢。」

「噢？」沈傲知道周恆肯定探出了什麼消息，便轉頭對身後的周若幾個道：「你們先去見姨母，我去看看周恆那傢伙。」說罷，飛快往周恆的住處去。

周府沈傲熟門熟路得很，只片刻功夫，便撞到了正要出門的周恆。周恆見了他，驚喜地道：「表哥，我正要去尋你。」

沈傲將他拉到一角，問道：「我交給你的事情，打探清楚了嗎？」

周恆正色道：「都打探了。鄭府的侄子在汴京的不多，統共只有三四個，其中兩個年紀不小，照看著汴京幾十個貨棧和商舖的生意。還有一個在工部做事。倒是有一個叫鄭爽的……」

沈傲對其他幾個沒什麼興致，聽周恆的言外之意，這鄭爽似乎有點名堂，不由追問：「你繼續說。」

周恆正色道：「這鄭爽是個浪蕩公子，成日和一些狐朋狗友廝混，據說他是鄭家二老爺老年得來的兒子，最是寵愛不過，出入都是用最豪華的車馬，前呼後擁，揮金如土，在汴京城也是數一數二的衙內。」

沈傲瞇著眼睛道：「他最喜歡去的地方是哪裡？」

周恆道：「城東有一家『決勝坊』，是鬥雞的地方，這鄭爽最好的就是鬥雞，據說他花在鬥雞上的錢，這幾年下來，至少有二十多萬貫；有一次爲了和人爭一隻雞，竟是花了五萬貫。」

沈傲不由咂舌，五萬貫，還只是爲了一隻雞，有這錢，沈傲便是求購一幅顏真卿的行書也夠了，心裡不由爲顏真卿大感不值，混了幾十年，寫出來的墨寶居然連一隻雞都比不過，可悲啊，可悲……

沈傲突然問周恆：「你會不會鬥雞？」

周恆撓撓頭道：「從前會一些，不過現在不去了。」

沈傲道：「那你去幫表哥尋一隻汴京最好的鬥雞來。」

周恆瞪大了眼睛驚道：「我去哪裡找？」

沈傲也犯難了：「你想不想救你爹？」

周恆無力地點頭道：「當然要救。」

沈傲道：「要救你爹，先要找一隻雞，找不到雞，救你爹的事也就泡湯了。」

周恆狐疑地看著沈傲：「當真？」

沈傲重重點頭：「當真！」

周恆咬咬牙道：「我知道武曲侯家養著一隻鬥雞，在汴京城數一數二，不過武曲侯對牠寶貝不過，一向都不肯輕易示人。」

沈傲道：「你的意思是向他去買？」

周恆搖頭道：「就算出十萬貫，他也未必會賣。」

沈傲陰惻惻地道：「我就不信，本王出馬，他武曲侯還不肯賣這個面子。」

周恆苦笑道：「你便是皇上，他也不肯讓出來的，這武曲侯……」周恆指了指腦門道：「是個愣子，眼裡只有雞。」

沈傲聽到愣子兩個字，一時倒是猶豫了，不受威脅利誘，這事兒就難辦了。任何事最怕遇到愣子，別人撞到了沈傲就如撞到了銅牆鐵壁，這武曲侯多半也差不多。

周恆咬咬牙道：「我倒是有個主意。」

沈傲道：「你說。」

「今夜夜黑風高，咱們不如帶幾個人蒙了面去把雞搶來。」

「搶……」沈傲也不由地怔住了。

「爲了救我爹，就是殺人我都肯去，搶一隻雞算什麼？表哥不是說了嘛，讀書人，搶雞不叫搶。」

沈傲心裡想，堂堂王爺去搶一隻雞，沒被發現還好，若是被人逮住這還了得？自己堂堂藝術大盜，居然用打劫這種下流的手段，若是被後世的同行知道，多半要笑掉大牙了。

沈傲看著周恆，周恆卻是信心滿滿，像是經驗十足一樣，拍拍胸脯道：

「至多叫上三十個人，一起蒙了面抄傢伙衝進去。爲了掩人耳目，可以讓他們交出錢來，再去雞舍裡拿雞，就說是順手牽雞打牙祭，誰會疑心到我們頭上？」

沈傲緊緊握住周恆的手，總算發覺這個表弟有點用處了，用深沉的語氣道：「全看你了。」

夜黑風高殺人夜。

武曲侯本是望族，只是家道中落，聲勢大不如前了，便是門房也只有一個老頭兒看守著，這個時候，外頭傳來咚咚的敲門聲。

老頭兒迷迷糊糊地披著衣衫，問：「什麼人……」

外頭有人道：「路過的，討碗水喝。」

老頭兒變得懶洋洋起來，沒好氣地吹鬍子道：「沒有！」接著又回門房睡覺。

足足過了一炷香，又有人敲門。老頭兒已經煩了，大叫：「深更半夜的，討什麼水？沒有，快走，快走！」

「大爺……」外頭傳來一個聲音：「大爺，我家婆娘要生了，能不能到府上借輛板車，送到大夫那裡去？」

老頭兒脾氣不好，道：「滾！」

又是一炷香時間過去……

門剛敲了一下，老頭兒便大聲咒罵：「快滾！」

斑駁的朱漆門外頭，幾十個蒙面的黑衣人面面相覷，沈傲瞪住周恆，周恆訕訕地低聲道：「誰知道這年頭人心不古，人都這樣冷漠。」

沈傲道：「看來只能動強的了。」

周恆道：「不急，我再想想辦法。」

周恆繼續敲門，叫道：「不好啦，不好啦，失火了，快去救火……」

「滾！」

周恆的臉色已經變成了豬肝色，好在有夜色和面巾遮掩著，他齜齜牙道：「我翻牆過去。」

這一次是換沈傲敲門，將門敲得咚咚作響。

那老頭兒的火氣已經到了極限，勃然大怒道：「狗東西……大半夜不怕撞鬼嗎？」

沈傲惡聲惡氣地道：「開門！你家武曲侯東窗事發了，我等奉命緝拿，再不開門，便認你做同黨。」

老頭兒在裡頭冷笑道：「我家侯爺除了鬥雞，什麼事都不做，能犯什麼罪？我看你們不是官家，倒像是打家劫舍的強盜，再不走，可莫怪我敲銅鑼引禁衛來了。」

沈傲大汗，悄悄對周恆道：「這都被他猜出來，打家劫舍果然沒有什麼前途。」

周恆道：「還是翻牆。」

「翻！」沈傲大手一揮，身後數十個蒙面的護衛二話不說，架了梯子一個個攀上去，窸窸窣窣了半天，總算順著牆根跳下。數十人直接衝入廂房，將一把把明晃晃的刀子亮出來，對準了在床榻上酣睡的一對夫妻。

周恆齜牙道：「打劫……」

「啊……」床榻上的兩個人立即蒙上被子，躲在被窩裡瑟瑟發抖，露出一隻眼睛來，哽咽地道：「好漢饒命！」

「饒命？」周恆晃了晃刀，齜牙道：「把你家的雞……，啊不，值錢的東西交出來。」

這侯爺已經暈死了過去，沈傲和周恆面面相覷，垂頭喪氣。

周恆只好道：「搜！」

# 第一一一章 千金難買一隻雞

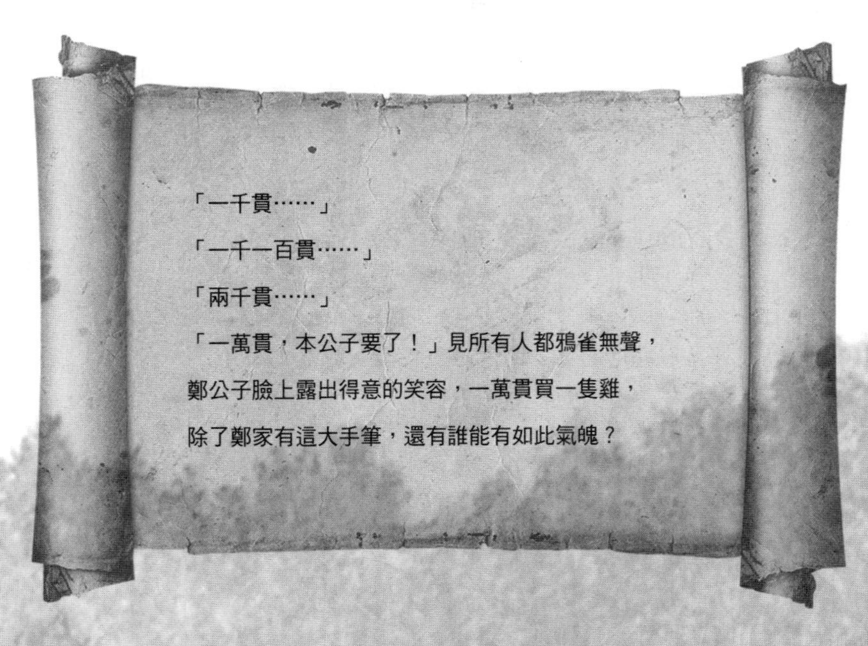

「一千貫……」

「一千一百貫……」

「兩千貫……」

「一萬貫，本公子要了！」見所有人都鴉雀無聲，鄭公子臉上露出得意的笑容，一萬貫買一隻雞，除了鄭家有這大手筆，還有誰能有如此氣魄？

折騰了一夜，清早起來，看到街上有許多捕吏正在巡查。

一個快吏道：「武曲侯家的雞不見了，在京兆府裡哭得死去活來，說沒了這隻雞，他就要去死，府尹大人沒法子，只好讓大家來做做樣子。」

沈傲瞪眼道：「夜黑風高的，居然還有人打家劫舍？簡直是目無王法，太壞了，一定要查到底！你們打起精神，一定要把這群十惡不赦之徒給揪出來。」

這捕吏呆了一下，心想，方才我只說雞走失了，並沒有說有人打家劫舍啊，怎麼平西王一下子就猜出來了？疑惑歸疑惑，也不敢質問什麼，便道：「王爺這麼說，我等一定好好巡查。」

沈傲淡淡道：「不是爲了本王，是爲了武曲侯家的雞。」

「對，對，一切爲了武曲侯家的雞。王爺，這麼一大清早的，您牽著馬是要到哪裡去？」

沈傲呵呵笑道：「我去拜見晉王。」

這捕吏立即朝幾個兄弟交換個眼神，道：「要不要給您清清道路，這裡這麼多人……」

沈傲翻身上馬道：「不必了。」便帶著幾十個侍衛往晉王府去。

到了晉王府，恰好看到晉王心急火燎地上了一輛馬車，催促著車夫道：「快，京兆府，不要耽誤。」

沈傲飛馬過去，大叫道：「晉王殿下……」

車廂裡鑽出晉王的腦袋來，晉王見了沈傲，啊呀一聲道：「你要見紫蘅是不是？紫蘅在家呢，你自己去找她吧，要去拜謁王妃也隨你。」隨即又催促馬夫道：「要快……」

沈傲攔住馬車，笑呵呵地道：「我是來尋晉王殿下的，晉王殿下近來可好？」

趙宗差點要哭出來：「武曲侯家的雞丟了，我沒功夫在這和你寒暄，你自個兒玩去。」

還真是奇了，人家丟了一隻雞，晉王也這麼急？好像這雞是他家的一樣。

沈傲卻不肯讓路，笑嘻嘻地道：「武曲侯家丟了雞？這是怎麼回事？再說，人家的雞丟了，王爺去湊什麼熱鬧？」

趙宗想走又走不得，只好吹鬍子瞪眼道：「你知道什麼？他那雞，是雞王，天下第一無二的雞！有了這隻雞，足以笑傲汴京，再也難逢對手。現在雞丟了，誰先尋到，就是誰家的。這種事你不懂，不要攔路，本王要去京兆府和殿前司，讓所有人都去找；找到了這無主之雞，本王再和你說話。」

沈傲笑嘻嘻地道：「去京兆府做什麼？憑那些差役真能把雞找回來？」他翻身下

馬，笑呵呵地往趙宗車子裡鑽。

趙宗大叫：「你這是做什麼?多載了一個人，車子走不快。」

沈傲厚顏無恥地道：「我帶晉王去找雞。」

趙宗眼睛一亮，驚道：「你知道雞在哪兒?」

沈傲板著臉道：「當然知道，動動腦筋而已。晉王想想看，劫匪們爲什麼要去搶雞?」

趙宗一頭霧水。

沈傲點醒他道：「說明這些劫匪知道雞的價值，這價值萬貫的雞，當然不會送到京兆府去，劫匪未必善於養雞，現在想必急於脫手，殿下以爲，這雞會出現在哪裡?」

趙宗明白了，笑呵呵地道：「決勝坊裡識貨的人最多，說不準就在決勝坊。」

「對!」沈傲一拍手道：「晉王，得趕快去決勝坊，否則就要遲了。」

趙宗大吼道：「決勝坊，快，快!」

沈傲道：「由東升坊拐過去。」

馬夫吆喝一聲應下，車輪快速轉動起來。

趙宗道：「爲什麼要往東升坊那邊繞路?這豈不是遠了?」

沈傲胡扯道：「昨夜我做了一個夢，往那邊走，必定有好兆頭。」

這種鬼扯話對別人沒有效果，可是趙宗卻深信不疑，哈哈笑道：「好，去沾沾仙氣。今日這雞，本王志在必得。」

馬車飛快地前行，趙宗在車裡眉飛色舞地說著武曲侯的雞如何橫掃汴京，沈傲有一搭沒一搭地聽著。

趙宗見他沒啥興致，臉色一板道：「你回來這麼多天，爲何不來見我？就算不見我……」他眼珠子一轉，道：「紫蘅你也不見，果然不是好東西！我最賠本的一趟買賣，就是把女兒許給了你，作孽啊作孽……」

到了東升坊，前面的路卻是不通了，原來不知從哪裡來了許多販子，幾乎把街市堵得嚴嚴實實。趙宗很是惱火，大吼大叫了一會兒，便叫人知會捕吏來驅逐人群。

正在這時，一輛奢華的馬車也出現在長街上，和趙宗的馬車並列停在一起。

裡頭一個公子哥探出頭來，大罵道：「狗東西，瞎了眼，連本少爺的路也敢擋？來，把他們打走！」

趙宗不禁咂舌，和沈傲一起往車窗外看，不禁道：「這馬車當真是奢華，便是宮中乘輦也未必及得上啊。」

沈傲呵呵笑道：「殿下這就不懂了，這是鄭家的車，鄭家是皇親外戚，又富可敵國，當然和別人不一樣。」

趙宗齜牙道：「他是皇親，我也是皇親，這是皇兄厚此薄彼啊，爲什麼我不如他？」

沈傲心裡呵呵笑著，卻不說什麼。

正在這時候，那鄭家的家奴已經人五人六的出來，人人拿著槍棒衝過去，將攤販們統統驅走，馬車才繼續前進。

趙宗捲開車簾道：「那車好快。」沈傲一看，果然看到鄭家的馬車走得飛快，迅速地超越了幾個馬頭。

沈傲臉色一變，道：「不好，這鄭家的少爺也是往這邊走，說不準和我們一樣，都是去決勝坊的。」

趙宗聽得臉色大變，立即呼叫車夫道：「快追，追上他們。」

這並不寬闊的長街，兩輛馬車開始追逐起來，趙宗眼看要落後，不禁跳腳，對那車夫又是威逼又是利誘。鄭家的馬車彷彿也察覺到異樣，鄭家少爺探出頭來，朝後面的趙宗大笑道：「哈哈……敢和本公子賽車，本公子今日便讓你知道厲害。」

趙宗發怒了，在這汴京一畝三分地上，還沒有人敢對他出言嘲諷。馬車比他的華麗也罷了，又跑得比他快，現在居然還敢出言不遜？於是連忙對車夫道：「快，快追上他！」

沈傲跟著起鬨：「追上了，賞你一千貫！」

這車夫原本還不敢速度太快，畢竟載著的是兩個親王，出了事，斬他一百個腦袋也不夠，可是晉王不斷催促，平西王又懸出千貫的賞格，足夠他一輩子無憂了，於是抖擻精神，狠狠地揚起鞭子，連連抽動馬身。

馬車越來越快，車輪發出呼呼響動聲，這一緊急加速，讓車裡的趙宗和沈傲都不禁大是興奮，趙宗哈哈大笑道：「好，好，原來這賽車比鬥雞還有意思！」

眼看晉王的車就要追上去，前面的鄭公子冷冽一笑，道：「快，擋住他們。」

他的馬車旁有七八個護衛，這些人看了後頭的馬車，覺得這輛馬車只怕也是皇親國戚坐的，倒也不敢動強，只是勒馬去擾亂趙宗的馬車。

一路上，你追我趕，半盞茶功夫過去，決勝坊總算到了。

所謂的決勝坊，其實和賭坊差不多，前門有一塊灰布簾子，寫著「決勝」二字，撩開簾子進去，便可以看到一處占地極大的客廳，客廳正中是個圍欄，裡頭就是鬥雞的場所，欄外則擺著許多桌椅，喝茶的、磕瓜子兒的，還有閒扯看鬥雞的都聚在這裡。

在二樓，還有清靜的廂房，有專門看鬥雞的窗戶，還有唱曲兒的丫頭伺候。

靠門前位置是櫃檯，櫃檯後懸掛著一張張木牌，木牌上寫著大將軍、威武侯、鐵校尉之類的牌子，這些當然不是人名，也不是官名，都是替鬥雞取的名字，一個個威猛到了極點。

沈傲和趙宗比鄭公子來遲了一步，二人氣勢洶洶地衝進去，哪裡還看得到鄭公子的人影？沈傲朝廂房那邊瞅了瞅，對趙宗道：「那混賬東西八成是在廂房。」

趙宗道：「要不要追上去打他一頓？」

若是從前的沈傲，早就捲起袖子上了，不過今日他卻是矜持地搖搖頭道：「罷了，打人不好，咱們是來看鬥雞的。」

趙佶頷首點頭道：「對，對，只是不知那武曲侯的雞在哪裡？」

沈傲抽出一柄白紙扇，慢慢地搖了搖，笑呵呵地道：「等著瞧就是。」

他們兩個人進來，倒是沒有惹來太多人的注意，畢竟來這裡的都是紈褲公子，或許有人久聞沈傲大名，卻未必認得；至於晉王，平時就算是來決勝坊，也是在廂房裡坐著，所以認識的人不多，再加上下一場鬥雞比賽就要開始，誰也沒心情留意別人。

這時，一個提著銅鑼的小廝敲了鑼，高聲叫道：

「下一回合，蕩寇大將軍對沈愣子，要下注的請到台前去。」

許多人議論紛紛地道：「近來蕩寇大將軍聲勢正隆，只怕沈愣子要吃虧。」

「這也未必，沈愣子好歹也是上個月連勝的好雞，未必就會輸他。」

「兄台這就不知道了吧，據劉公子說，那沈愣子月初的時候大病了一場，如今……嘿嘿……」

眾說紛紜，趙宗卻是眼睛一亮，大叫道：「誰是沈愣子？誰是沈愣子？」

所有人一起朝圍欄中一隻病快快的雞看去，有人道：「就是牠。一賠十，你要不要買？」

沈傲想要發作了，臉色立時拉下來。他突然大叫：「我買一百貫平西王！」

所有人都像看白癡一樣地看著他，沈傲果然走到櫃檯去，抬手捏出一百貫的錢引丟給掌櫃，壓低聲音道：「我買一萬貫蕩寇大將軍行不行？」

掌櫃臉色一板，冷淡地道：「要買就拿錢來。」

沈傲呵呵笑道：「我說笑的。」心裡大罵，傻瓜才會走到大街上也帶一萬貫出來。

晉王笑嘻嘻地去買了一百貫蕩寇大將軍，很是滄桑地對沈傲道：「想不到原來鬥雞還有賭局，當年我還年輕的時候，大家也就是鬥來樂樂而已。」

正說著，圍欄裡兩隻雞已經咯咯地發出尖鳴，那沈愣子全身都是花色，這時也打起了精神，豆粒大的眼睛死死地盯著蕩寇大將軍，雙翅一展，率先發起了攻擊。

沈傲大叫：「平西王加油！」

大家一起叫：「沈愣子快躺下！」

沈傲生氣了，攥了攥拳頭。

誰知沈愣子啄過去，卻被蕩寇大將軍閃開，蕩寇大將軍發出咯咯的聲音，斜衝過去，死死地啄在沈愣子的左翅上，沈愣子慘叫，咕咕一聲就跑開了。

之後無論蕩寇大將軍如何窮追猛打，沈愣子就是不應戰，看客們哄然大笑，有人叫道：「這沈愣子是一次不如一次了，昨日還能大戰三回合，今日只一啄，就嚇破了膽子。」

「這般無用，倒不如宰了吃來個痛快，留著也是無用。」

「啄死牠，啄死這沈愣子！」

沈傲火冒三丈，目光尋找著那些胡言亂語的傢伙。

這時有人道：「蕩寇大將軍威武，沈愣子落荒而逃！」

「誰說的！」只見一個人站出來，按著腰間的劍柄。所有人都不由向沈傲看去，見他不識趣，紛紛咒罵：「滾開，滾開。」

沈傲一腳跨入圍欄裡去，道：「誰說平西王敗了，依我看，是蕩寇大將軍輸了才是。」隨手抽出尚方寶劍，將那蕩寇大將軍斬成了兩斷。

所有人都呆住了。賭坊裡的的夥計按捺不住，捲起袖子要衝進圍欄去。

掌櫃臉色大變，衝過來道：「你……你好大的膽子，蕩寇大將軍也敢殺？」

沈傲手裡提著劍，雖沒人敢衝上去，可是卻將他包圍住，這一下沈傲算是惹起眾怒了。晉王一看情勢不好，立即抱著手對旁邊一個公子哥道：「我和他不認識的。」

這時，沈傲中氣十足地道：「這雞是幾品的？」

掌櫃呆了一下，道：「雞就是雞，哪有幾品之分？」

沈傲揚了揚劍，道：「既然無品無級，我為什麼殺不得？」

「你……你……」

沈傲朗聲道：「這是陛下欽賜的尚方寶劍，上斬五品大員，下斬不法鬥雞，怎麼，誰不服？誰不服？不服的站出來！」

這一下所有人都安靜了，連那掌櫃的雙腳都要軟下，喉頭滾動了一下，顫抖地道：「原來是平西王，得罪，得罪。」

公子哥兒們雖沒見過沈傲，卻也知道沈傲乃是汴京衙內殺手，他們最怕的就是沈傲這種人，一聽是沈傲，許多人已經倉促而逃。

沈傲旁若無人，把劍插回劍鞘，拍拍手道：「我只是來看熱鬧的，諸位繼續。」說罷，從圍欄中出來，一旁的人嚇了一跳，都往後退。

等沈傲走到趙宗跟前，趙宗立即眉飛色舞地道：「哈哈，他是我的女婿，諸位快來看，我女婿……」

大家受了驚嚇，決勝坊的氣氛霎時冷淡下來，只見坐在廂房裡的鄭公子眼眸中露出輕視之色，對身側的一個護衛道：「平西王又有什麼了不起？哼，到時候有他好瞧的。」

眼看許多客人要離場，那掌櫃似乎在和人耳語什麼，過了片刻，突然站出來，忍不住看了沈傲一眼，吞了口口水道：「諸位，今日本坊收了一隻雞，可有人要買嗎？」

這句話讓許多客人都不禁駐腳，決勝坊一向只鬥雞不賣雞，就算是幫客人代售，也只是掛個牌子，標上價錢讓人來洽商罷了，像這般隆重說明的，是少之又少，而由掌櫃親自出面的，幾乎是絕無僅有。

賭客們議論紛紛，都想見識見識，趙宗和廂房中的鄭公子則是精神一振，雙眸放出光來。

夥計已經提著一隻雞籠子出來，打開籠門，將雞放入圍欄中。眾人見了，不禁都倒吸了口涼氣，紛紛道：「這雞的毛色當真是世所罕見，蕩寇大將軍在牠面前都顯得不值一提了。」

「你看牠的爪子……」

「這雞什麼價錢？」有些收到消息的，隱隱感覺這雞與昨夜的竊案有關，只是這時所有人心照不宣，都不肯提及此事。

掌櫃的道：「此雞名叫雞王，諸位各自競價，價高者得。」於是所有人摩拳擦掌，有人先開出了五百貫。

五百貫對來這裡玩樂的公子來說，說多不多，說少不少，這雞一看便是雞中極品，但凡是內行人，只看牠在圍欄中閒庭漫步的姿態，就都有了底，所以競購的人不少。

「一千貫……」

「一千一百貫……」

「兩千貫……」

「一萬貫！」

二樓的廂房裡，一個聲音慢悠悠地傳出來，不是鄭公子是誰？鄭公子消息靈通，聽說武曲侯家的雞昨夜丟了，今日這裡便出現了一隻毛色、精神如此的鬥雞，便是傻子，此刻也知道意味著什麼。

況且武曲侯家的雞，鄭公子早就垂涎已久，只是那武曲侯什麼價錢都不肯賣，對鄭公子這種一門心思都撲在雞身上的人來說，真是難受到了極點，今日這隻雞的出現，便是天大的價錢，他也出得起。

「一萬貫，本公子要了！」見所有人都鴉雀無聲，鄭公子臉上露出得意的笑容，一萬貫買一隻雞，除了鄭家有這大手筆，還有誰能有如此氣魄？

趙宗本想先看看情況，這位晉王喜好頗多，對鬥雞也是喜歡得很，尤其是這等雞王，心裡早就癢癢了，只是聽到「一萬貫」三個字，臉色不禁黯然，拿一萬貫去買一隻雞，便是他這親王也沒這氣魄。

可是當趙宗抬眼看到了鄭公子，臉色不由一變，整個人熱血立即上湧起來。鄭家是江北首富，又是皇親國戚，當然有這個紈褲的本錢；可是晉王身為親王之首，若是別人倒也罷了，這鄭公子剛剛還賽車還讓他輸了一場，令他大為惱火，這時候又出來搶雞，這口氣如何咽得下？

趙宗立即高聲道：「一萬一千貫！」

沈傲在一邊添油加火道：「既是雞王，當然只有晉王才配得上牠。」

這句話出口，立時讓趙宗騎虎難下，當著一個小輩的面，若是拿不下這隻雞，面子往哪裡擱？再者沈傲的嘴巴一向都不嚴實，明日滿汴京城就會知道這件事，他決不能栽在這裡。

這時，趙宗看向鄭公子的眼睛，已經變得血紅起來。

一萬一千貫，對決勝坊的紈褲弟子來說，也不是一個小數目，這時所有人皆露出悚然之色，要看看出價的人是誰。

趙宗看到無數人朝自己側目過來，滿是得色，覺得這一萬一千貫花費得十分值得，至少把自家的臉面給掙了回來。

沈傲心裡樂開了花，一隻雞，剛剛開始就競價到這個地步，看來昨夜那一趟還真是物超所值了。

鄭爽臉色鐵青，冷冷地看了趙宗一眼。自他出生，還沒有人比他更搶風頭的，如今半路殺出了個程咬金，讓他大為不爽。他是決勝坊的常客，經常來這裡的紈褲公子哪個不認得他這個年少多金的鄭少爺，如今大庭廣眾之下竟有人要和他叫板，今日自然不能和這老傢伙甘休了。

鄭爽冷冷一笑，雲淡風輕地道：「兩萬貫！」

「兩萬貫……」

決勝坊上下都不禁又倒吸了一口涼氣。兩萬貫足夠尋常人一輩子衣食無憂，再娶上三四門妻子了，鄭公子果然好氣魄，叫出兩萬貫時，臉不紅氣不喘，嘴角只淡淡勾起一點笑容，一手端著茶盞，另一隻手還搭在几案上，指節悠然地打著節拍。

這時，所有人的目光又落到趙宗臉上，趙宗親王之尊，豈容人挑釁？一時火冒三丈，咬了咬牙道：「兩萬一千貫！」

不必說，就是再蠢的人也知道二人現在爭的不是雞，而是一口氣了。只是不知年歲不小的這傢伙到底是何方神聖，居然敢與鄭公子叫板。不過這人既然和平西王走在一起，想必也不是凡人，甚至還有人猜測，趙宗只是代平西王競價而已。

汴京誰不知道，平西王和鄭家似乎有那麼一點點「誤會」，如今朝堂裡的紛爭居然延伸到了決勝坊，這一趟來倒是不虛此行了。

這時鬥雞彷彿一下失去了樂趣，反而是二人相鬥更能讓人熱血沸騰。

鄭爽聽到兩萬一千貫，心裡更是大怒，此人刻意只加一千貫，豈不是故意消遣自己來著？他再看看一旁一副事不關己的沈傲，心裡冷笑想：

「說不準就是這姓沈的要和本公子為難，早聽爹說過，這沈傲與我鄭家勢不兩立，今日本公子倒要看看，他平西王拿什麼和我們鄭家來爭。」

打定了主意，他反而輕鬆了，淡淡道：「三萬貫……」

「三萬貫……」

這時大家的臉上已不是驚詫，而是木然了，鄭家果然財大氣粗，一隻雞，竟是能出三萬貫，換做別人，就算是再有家資，也要顧慮一下，偏偏這位鄭公子連眉毛都沒有動一下，慢悠悠地搖起扇子來。

「三萬一千貫！」

人一旦失去理智，尤其是趙宗這種本就沒有多少理性的人，當真叫起價的時候，還真沒把錢當一回事。錢，對趙宗來說，更多的只是一個數字而已。

「少爺……」側立在鄭公子身邊的侍衛俯下身低聲道：「何必要鬥這個氣，一隻雞而已，讓給他們算了。」

這侍衛一看趙宗的氣度就不像是輕易能惹的人，其實這個不重要，鄭家翻雲覆雨，什麼樣的人擺不平？就是平西王，真要鬧將起來也有一拼之力。可是這小少爺是個糊塗蟲，花幾萬貫買一隻雞回去，若是被老爺和二老爺知道，多半又要氣得跳腳。小少爺是爹娘叔伯的心頭肉，至多也就斥責幾句，可是他們這些做下人的，少不得要被打個半死。

鄭爽這時也有點鬆動，正在踟躕，可是偏偏這護衛沒有眼色，又補了一句：「就怕少爺回去，讓老爺知道，又要……」

「胡說……」鄭爽勃然大怒，狠狠地敲了這護衛一記，道：「本少爺花幾個錢，誰能說什麼？沒眼色的東西，滾一邊去。」

鄭爽迎向趙宗那輕蔑的眼神，齜牙冷笑道：「五萬貫，我出五萬貫！」

五萬貫……這時所有人都已經麻木，甚至開始懷疑他們叫的只是字數，不是那真金白銀了。

只有沈傲臉上看不到震驚，有的只是滿肚子的壞笑。

他捅了捅趙宗的腰，低聲道：「算了，鄭家家大業大，王爺，這雞還是讓給他們吧，不要輕易得罪鄭公子的好，他有個姐姐，如今在宮裡如日中天。」

趙宗雙眉一橫，冷笑道：「鄭家算什麼東西？十萬貫！」

「……」

# 第一一二章 敗家子

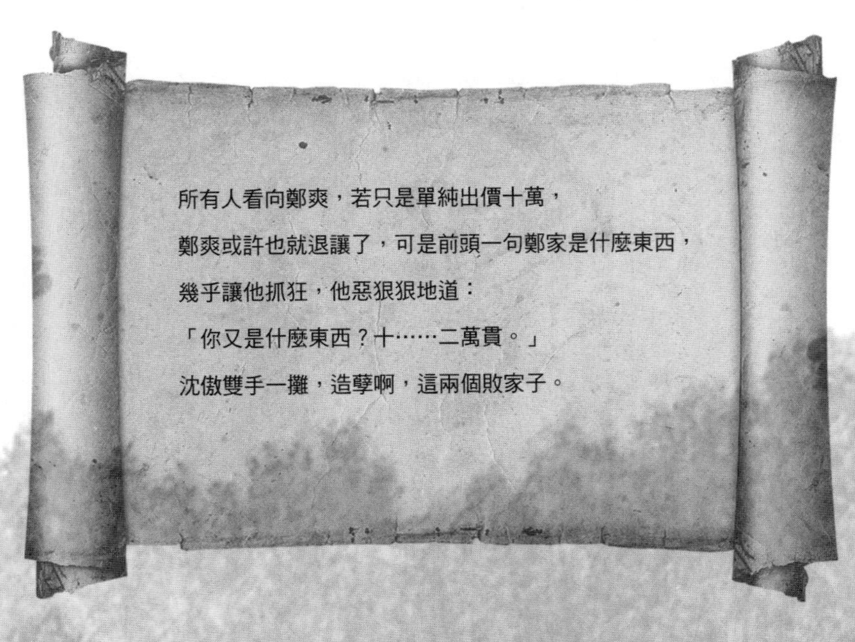

所有人看向鄭爽，若只是單純出價十萬，
鄭爽或許也就退讓了，可是前頭一句鄭家是什麼東西，
幾乎讓他抓狂，他惡狠狠地道：
「你又是什麼東西？十……二萬貫。」
沈傲雙手一攤，造孽啊，這兩個敗家子。

整個決勝坊，落針可聞。

所有人看向鄭爽，若只是單純出價十萬，鄭爽或許也就退讓了，十萬貫對他來說也是一筆極大的數目，可是前頭一句鄭家是什麼東西，幾乎讓他抓狂，他惡狠狠地道：「你又是什麼東西？十……二萬貫。」

沈傲雙手一攤，很是遺憾地想，看來這好人是沒法做了，造孽啊，這兩個敗家子。

「十三萬貫。」

「十五萬貫……」

叫到這個時候，不止是看客們面紅耳赤，就是漩渦中心的鄭爽和趙宗都感覺到了無比的壓力，十五萬貫，就是兌換成銀子，也足以把這決勝坊填滿，疊做一座小銀山了。

「十八萬貫！」鄭爽紅了眼睛，狠狠地一巴掌拍在几案上，整個人像是瘋了一樣，幾乎是用咆哮的聲音道：「這隻雞，我鄭某人要定了。」

趙宗面無表情地道：「二十萬貫……」

他報出這個數字，已經有些心虛，若是讓王妃知道他用二十萬貫買了一隻雞，這日子只怕不好過了。

鄭爽飛快地道：「二十二萬貫！」

「二十三萬貫！」

「二十五萬貫！」

二十五萬貫，這個數字幾乎是驚煞了四座，所有人都喉結滾動，一時什麼話都說不出來。二十五萬貫是什麼概念？足以在汴京最繁華的地段購置最好的土地，起一座占地十畝的宅院，請上數十上百個僕從，浪蕩一生綽綽有餘了。至少這身家便是和汴京城的巨賈比也不會生出氣短之心。

趙宗咬著牙，狠狠地瞪著鄭爽，對沈傲道：「這人當真可惡。」

沈傲扯了扯他的袖子，低聲道：「殿下，見好就收，和他鄭家比財力，只怕所有的宗室加起來也比不過，還是算了吧。」

這一次沈傲是真誠的，他最怕的就是這鄭公子突然放棄，到時候想哭都來不及了。

趙宗不禁低聲道：「我還道我是天下最尊貴的人，一人之下萬人之上，誰知道，鄭家的一個少爺居然比我還要窮奢。」他不禁道：「母后在宮裡省吃儉用，還不如人家買一隻雞。」

沈傲呵呵一笑，只是道：「殿下想開一些。」

他的目的達到了，身爲親王，皇帝的同胞弟弟，太后最疼愛的兒子，晉王雖然不羈，可是他的心裡隱隱還有一分天潢貴胄的傲氣，但是在今日，這股傲氣卻結結實實地被人扇了一巴掌，紈褲了一輩子的浪蕩親王，想不到折戟在這裡。

這種感受，只怕比殺了他還要難受，就如那普天之下莫非王臣的九五之尊一樣，親王也有自己的尊嚴，他們自認爲自己無比尊榮，理應在無數人之上，可是誰曾想，原來這親王其實也不過如此而已。沈傲心想，今日這一幕，只怕晉王一輩子都不會忘記。

趙宗總算清醒了一些，沒有再叫價，冷哼一聲道：「走！」

沈傲淡淡一笑，隨他一道出去。

趙宗今日難得的沒有嬉皮笑臉，路過鄭爽的馬車時，不由惡狠狠地瞪了一眼，道：「鄭家如此狂妄，他家公子的馬車居然比皇子還要奢華。這天下是我趙家的還是他鄭家的？」

沈傲隨他一同上了馬車，安慰道：「來日方長，不過是輸了他一次，下次再有機會，我去給晉王尋一隻好雞來。」

趙宗搖頭道：「不是雞的事，罷了，不和你說，待會兒我要進宮，你去不去？」

沈傲道：「不去，我還有事做。」

於是趙宗叫馬夫將沈傲送到祈國公府，往皇宮去了。

沈傲從馬車上跳下來，劈頭便對門房道：「待會兒周恆回來了，叫他立即到書房來見我。」

周恆是在傍晚時分才回來的，他的臉上帶著些許的疲倦，步伐沉重，可是精神倒是不錯，興致盎然地到了書房。沈傲正挑燈抄錄《樂經》，見是周恆進來，便吁了口氣，將筆放入筆筒，任桌上的行書自乾。

「表哥，東西拿來了。」周恆拿出一張借據，交到沈傲手上。二十五萬貫一文不少，落款自然是那鄭公子鄭爽。

周恆就是委託賣雞的人，決勝坊不過是幫忙出售而已。

誰也不會帶著二十五萬貫的錢出門，鄭爽再如何招搖，也不可能隨身帶著一箱的錢引。更何況，二十五萬貫籌措起來至少也需要一兩天工夫，尤其是對做買賣的人家，不管生意多大，如何富有，手上的餘錢反而不多。所以鄭爽要把雞抱走，當然要留下借據，這借據自然也落入到周恆手裡。

周恆呵呵笑道：「一隻雞二十五萬貫，這買賣當真值得，我還當只能賣個幾百貫呢。」

沈傲搖頭道：「這隻雞對那些紈褲公子來說，最多價值五千貫。不過對鄭爽來說，他買的不止是雞，更是他的威風和臉面，鄭家是皇親國戚又是江北首富，他的臉面，二十五萬也差不多了。」

即使周恆身爲祈國公府的少爺也不禁咂舌，二十五萬貫買張臉，在他看來就像做夢一樣。

「表哥，下一步怎麼辦？」

沈傲將《樂經》塞回書櫃上去，道：「鄭家未必能拿出這麼一大筆錢來，就算是有，也不可能讓鄭爽這樣胡鬧。你看，借據上寫著三日之內將錢送來，三天……哼！」沈傲冷笑一聲，臉冷若寒霜地道：「他鄭爽要是拿不出這筆錢，本王就要親自上門討債了。」

周正眼眸一亮，道：「讓鄭家丟一次臉？」

沈傲搖頭道：「丟臉是其次，重要的是滅滅他的威風，惹到你表哥頭上，還想自在逍遙？等著瞧就是。」

周正苦笑道：「可惜不能把我爹救回來。」

沈傲笑道：「你爹早晚會出來，去了太原，事情查清楚，人也就出來了。不過去太原之前，這件事一定要做，一是干係著晉王，不能讓後院著火；其二是給他們一個下馬威，猶如兩軍交戰，要先挫敗敵軍的士氣，再一鼓而定，將他們連根拔起。」

周正若有所思道：「表哥說的，準是沒有錯的。」

二人說了一會兒話，沈傲最後道：「叫人偷偷送三萬貫到武曲侯家去。早點歇了吧，明日我還要進宮去，清早的朝會不能錯過了。」

次日，沈傲打馬入宮，宮中倒是沒有什麼異樣，李邦彥見了沈傲，仍舊是笑吟吟地打招呼，沈傲對他的態度反而熱絡起來。

朝會結束後，趙佶對沈傲使了個眼色，沈傲會意，徑直隨趙佶去了文景閣。如今天氣冷了，文景閣裡幾盆炭火日夜不息，從外頭一進去，立即覺得百骸都透著一股暖意。

趙佶笑道：「昨日不知怎麼的，太后突然大發雷霆，這事和你有沒有關係？」

沈傲道：「微臣冤枉啊！」

趙佶苦笑道：「你們就是不讓朕安生。」他搖了搖頭道：「晉王這傢伙，昨夜在後宮不知說了什麼，晉王是你未來的翁家，你要勸一勸他，朕和他年紀都大了，不能爲老不尊。」

沈傲頷首點頭道：「我一定好好勸勸他。」心裡卻在想，要不要再給他添一把火？

趙佶隨即道：「最新的消息，女真人已經破了契丹邊關，拿下薊州，如今十萬鐵騎直指幽州，契丹三十萬大軍困守在幽州一帶，要與女真人決戰了。」

沈傲不禁動容，契丹人已經丟了大漠和遼東，如今只有中京、南京、東京三道，而這幽雲十六州，可以算是契丹國的核心位置，一旦丟失，契丹滅亡也只是遲早的事了。這一場會戰，干係實在太大。

趙佶又道：「那完顏大石已經派了使者，要我大宋發兵，你怎麼看？」

沈傲淡淡地道：「不能救。」

趙佶道：「你繼續說。」

沈傲道：「女真人最強大的力量是騎兵，若是我大宋出兵，數十萬大軍集結，被女真人圍城打援怎麼辦？所以只能靜觀其變，調撥天下軍馬前往大名府，與契丹人形成犄角之勢，與女真人對峙即可。至於三路水師，也必須及早準備，可讓各水師主力集結在蓬萊港一帶，日夜操練。當然，朝廷最好發一道旨意，聲稱我大宋要調撥天下軍馬與女真人在幽州決戰，令女真人攻打幽州時不敢傾盡全力，就已經足夠了。」

趙佶頷首點頭道：「你說得對，上兵伐謀，朕再和李門下商議一下，讓門下省擬旨意，在各地抽調精銳果敢之士。」

沈傲笑呵呵地道：「我可以下令西夏國的精銳在祁連山一帶集結，讓女真人不得不抽調出力量來，他們就是有三頭六臂，也要讓他們防不勝防。」

趙佶淡淡一笑，這時他對女真人的畏懼感已經減輕了許多，祁連山一戰終於讓各國鼓起了勇氣，讓人知道女真人並非不可戰勝。

二人寒暄了一陣，趙佶突然道：「你去後宮走動一下，給太后問個安吧，今早朕過去，也不知是什麼緣故，竟是冷著臉對朕說，她這太后還不如一個嬪妃。朕猜想著是哪個嬪妃惹她生了氣，你去勸解勸解。」

沈傲應承下來，獨自到景泰宮，在宮外朗聲道：「沈傲給太后問安。」

「進來說話。」太后的聲音顯得很是不悅，夾雜著三分火氣。

沈傲步入景泰宮，見太后正坐在一方胡凳上，一個人心不在焉地把玩著手上的雀兒牌，沈傲笑道：「太后是缺人打牌嗎？」

太后冷著臉道：「本宮只是隨意玩玩。」說罷，沒什麼興致地將雀兒牌拋到一邊，目光落在沈傲身上，道：「昨日你和晉王去那什麼決勝坊，爲什麼不幫襯一下？讓他吃了這麼大的虧？他是陛下一母同胞的兄弟，居然讓一個鄭家的小子折辱，你就無動於衷嗎？」

沈傲慢吞吞地坐下，呵呵笑道：「太后說的可是買雞的事？」

太后抿嘴，表示默認。

沈傲道：「這種事微臣怎麼能幫？鄭公子對那雞志在必得，若是微臣競價，難道最後要花一百萬貫買一隻雞回去吃嗎？」沈傲嘻嘻笑道：「這雞我可不敢吃，每吃一口都會很傷感。」

太后微微一愕，隨即哂然一笑道：「人家敢，你們一個晉王、一個平西王，爲什麼就不敢？虧得你還稱自己如何家財萬貫，看來也不過如此。」

沈傲辯護道：「太后息怒，我的錢和那鄭公子的錢是不同的，我這錢是用自家的血汗和性命掙來的，那鄭公子家的錢卻是大風吹來的。」

「大風吹來的？」太后不禁蹙眉。

沈傲笑道：「這是當然，微臣的錢，是冒了天大的性命干係，兵出祁連山，與女真人在曠野上追殺賺來的；可是鄭家的錢……」他嘿嘿一笑，冷冷地道：「和大風刮來的也差不多了，就比如太原地崩，他們囤積了無數糧食，一百文一斗收來，再用百倍的價格兜售出去，這不是大風吹來的，又是什麼？」

太后冷冷道：「這就難怪了，哀家的那個皇上當真糊塗了，就容他們如此放肆？」

沈傲苦笑道：「陛下雖是九五之尊，有些時候被人蒙蔽也是常有的事，人非聖賢，總不能事事如意。」

太后的臉上鐵青一片，道：「哀家一切的開支都是從簡，每年也不過摳出一兩萬貫的體己錢出來，但那鄭家的小子閉著眼睛就敢花二十五萬貫買一隻雞。」重重冷哼一聲，繼續道：「至於那鄭妃，就更加了不得了，原來她家底如此豐厚，爲了討好哀家，還要裝作一副簡樸的樣子，她是做給誰看？」

沈傲含笑不語。

太后繼續道：「哀家倒沒什麼，錢是身外之物，留著有什麼用？只是可憐了晉王，他這親王，每年從宗令府也不過取錢三四萬貫而已。哀家在的時候，他還要吃人的虧，被人嘲弄；什麼時候哀家去了，他怎麼辦？他一輩子沒吃過什麼苦，沒吃過什麼虧，難道叫這可憐的孩子天天生某些人的悶氣嗎？」

沈傲心裡想，三四萬貫居然還而已，天下不知多少人一年只靠著十幾貫過活，也沒見他們餓死。不過太后的心思，他倒是摸透了，兩個兒子想要一碗水端平，一個是皇上，自然不必操心；和皇上一比，小兒子這親王就越讓太后疼愛了，巴不得將所有的好東西都送到晉王府去。

從太后宮裡出來，敬德遠遠地朝沈傲使眼色，沈傲會意，拐了一個彎，在一處長廊處等著他來。

敬德躡手躡腳地過來，含笑道：「平西王近來還好嗎？」

沈傲淡淡一笑，道：「好得很，倒是不知敬德公公近來如何？」

敬德吁了口氣道：「咱家這幾日都是提心吊膽的。」他壓低聲音繼續道：「前幾日打死了鄭妃跟前的紅人虎子，還不知道那鄭妃會不會報復。」

沈傲深望他一眼，心想，這傢伙倒是識趣，這話不是擺明了向自己輸誠嗎？於是道：「怕什麼？打死個奴才而已，鄭妃算什麼東西？這宮裡，還不是太后說了算？」

敬德連連點頭道：「對，對，平西王說得有道理，這不是有最新的消息了嗎，咱家知道平西王一定喜歡聽，所以特地來給平西王報個信。」

沈傲道：「你說。」

敬德正色道：「太后叫咱家盯住鄭妃。」咂咂嘴，笑嘻嘻地繼續道：「這鄭妃只怕是要完了，陛下寵幸有什麼用？後宮三千佳麗，陛下今日寵幸她，過幾日就可以寵幸別人，可是太后不是只有一個嗎？」

沈傲微微一笑，道：「有勞敬德公公了。」

和敬德寒暄了一陣，沈傲才從宮裡出去。

初冬將近，汴京在經歷了一場細雨之後，天氣驟然變冷，沈傲躲在屋裡烤著炭火，這時節莫說是他，便是一向早起的商販都要在被窩裡再打個盹，汴京的樹木都變得光禿禿的，行人行色匆匆，撞到了熟人，也只是微微頷首，彷彿張了口就會讓體力消耗殆盡一樣。

沈傲性子懶，能躺著絕不坐著，能坐著絕不站著，能站著絕不走動，所以每日貓在書房裡，偶爾和妻子們說說話，大多數時候裝模作樣地看書，炭盆就擺在他的腳下，感受到絲絲的熱氣，整個人就更顯得慵懶了。

這樣的日子轉眼過去了七八天，眼看就要去太原了，沈傲本想天氣暖和了一些再去討賬，誰知這天氣反而越來越壞，一夜之間，天空中落起鵝毛大雪，雪花紛飛，所過之處儘是銀裝素裹，層層的積雪壓在屋脊上白茫茫一片，這美好的事物卻往往伴隨著刺骨的寒風，讓人想親近卻又駐足不前。

「悲催啊……大過年的還要出門。」沈傲清早呆呆地看著窗外的鵝毛大雪，冷風灌進來，讓他不禁起了一身雞皮疙瘩，立即披了衣衫，套了一件襖子，整個人顯得臃腫了幾分，將劉文叫來，道：「請少爺來。」

周恆急匆匆地趕來，對沈傲道：「表哥，是不是該去討債了？」

沈傲嘻嘻哈哈地道：「我們是讀書人，讀書人不叫討債，叫討賬。去，到武備學堂調一隊校尉來，刀劍都配齊了，省得有人賴賬，到時候動起粗來，豈不是叫我們秀才遇上兵？」

周恆也笑著道：「對，多拉些讀書人去壯壯膽。」

等周恆去了武備學堂，沈傲慢悠悠地到書房裡煮茶看書。周夫人叫了個丫頭來問，要不要到佛堂去坐坐，沈傲回道：「今日有事，晚些時候再去。」

沈傲挑了燈，在豆大的星火邊擦拭著尚方寶劍，等到周恆興沖沖地回來，將劍佩上。到了門房外，一隊穿著蓑衣戴著斗笠的校尉駐馬而立，沈傲翻身上馬，大手一揮，道：「走！」

鄭府，大門閉得緊緊的。

鄭爽上次買下了雞，便將這雞王帶了回來，可誰知，這雞王像是發了瘟一樣，連最普通的鬥雞都不如，看上去雄赳赳氣昂昂，仔細研究之後，卻發現根本就沒有受過技師訓練。

這就奇了，鄭爽明明記得武曲侯家的雞王確實是丟了，隨後第二日，泱勝坊就兜售這隻和雞王差不多的雞，按鄭爽的理解，這隻雞絕對是雞王沒有錯；可是抱回家的時候，才發現了一些端倪。

這雞根本就是掉包貨，哪裡是什麼雞王？鄭爽琢磨了一晌午，才算是回過味來，他娘的，被騙了！

正因爲心裡認定這是雞王，鄭爽才肯去和趙宗哄抬雞價，誰知二十五萬貫買來的，卻是隻假的。鄭爽鼻子都氣歪了，連摔了幾盞茶碗，嚇得下人們連話都不敢說，見了他就躲。

氣歸氣，鄭爽雖然將那假雞一腳踩斷了脖子，可是這錢還沒有付，既然沒有付賬，權當這件事沒有發生過。這幾日下雪，他連泱勝坊都懶得去，只想著等什麼時候天氣暖和一些，他一定要帶人去找那泱勝坊的掌櫃算賬。

不過七八天時間過去，這件事他已漸漸地淡忘了，每日要麼邀狐朋狗友來府上鬥雞為樂，要嘛就在雞房擺弄自家養的幾十隻鬥雞。

從雞房裡出來時，一個小廝快步過來，道：「小少爺，二老爺叫你去書房一趟。」

「不去！」鄭爽大是不爽地道：「還不就是叫我讀書?讀書有什麼用?我也沒見咱們鄭家有誰中過進士，可是哪個進士老爺有咱們家風光?」

這小廝卻不肯走，低聲道：「少爺，老爺明日就要去太原，臨行前要和你說說話，若是不去，只怕又要大發雷霆了。」

鄭爽嘴裡嘟囔一句道：「又不是生離死別，有什麼好說的?」說是如此說，卻不敢怠慢，換了一身衣衫，才一步一搖地到了鄭富的書房，進了書房，甜甜地叫了一句：「爹。」

鄭富是鄭克的親弟弟，鄭家的生意都落在他的身上，他是老年得子，直到四十多歲才生了這麼個兒子，當真是寶貝得不行。再者他經常要出遠門，一個月難得回來一趟，所以對鄭克疏於管教，最後眼看他不成器，口裡雖然會勸幾句，心裡卻是不再管了，反正以鄭家的實力，讓他一輩子衣食無憂也算不得什麼。再者等他年紀再大一些，給他娶一門妻子，人安分了一些，就帶他出去做生意，將來也好繼承家業。

鄭富雖然為商奸詐，對這兒子卻是不錯，一見鄭爽進來，頓時笑道：「爽兒，來，坐這兒說話，你又去雞房了？」

鄭爽道：「天氣冷了，要多給牠們餵餵米，否則明年開春的時候沒生氣的。」

鄭富笑道：「等去了太原，爹若是看到了什麼好雞，一定給你帶回來。」接著又道：「你這幾日做了功課嗎？」

鄭爽嘻嘻哈哈地道：「做了，做了，兒子還寫了字呢。」

鄭富也不考校，卻是笑得更是歡暢，道：「這便好，玩要玩，可是功課也要做，我不求你做什麼飽讀詩書的大才子，只求你能讀書明志，讀書正心。」

鄭爽心裡不以爲然，敷衍著應下來。

鄭富突然道：「我聽說你在決勝坊花了二十五萬貫買了一隻雞？」

鄭爽怒氣沖沖地道：「爹，這事就不要再提了，他娘的，這雞是假的，居然有人敢拿一隻假雞來矇騙我，等過幾日，我非去找他們算賬不可。」

鄭富放下了心，如今兄長那邊要籌錢，二十五萬不是小數目，若是真拿了出去買一隻雞回來，這還了得？既然雞是假的，這就好辦，這錢自然也就不必還了。

鄭富道：「一隻雞哪裡值這麼多錢？幾千貫我這做爹的自然給，可是二十五萬貫這樣的價錢，你便是買了隻真雞回來，我也斷不給你還賬的。」

鄭爽笑嘻嘻地道：「其實我也沒打算還賬，先把雞帶回來，還怕他們敢來我們鄭家討賬嗎？誰知道原來竟是假的，真真氣死人了。」

鄭富呵呵一笑，交代了幾句話，才慢悠悠地道：「你年歲也不小，該尋門親事了，這件事你大伯正在著手辦著，往後成了親，可不許胡鬧了。」

鄭爽剛要回話，有個主事疾步進來，慌慌張張地道：「老爺……不好了……」

這主事一直是鄭富的心腹，平時沒有大事，絕不可能如此惶恐的，鄭富不禁皺起眉問道：「出了什麼事？」

主事道：「門外頭來了許多兵，說是來討賬的。」

「討賬……討什麼賬？」鄭爽很是不悅地道。

「說是小少爺……小少爺欠了他們二十五萬貫錢……」主事吞吞吐吐地道。

「狗東西，他們這是活膩了，拿隻假雞來糊弄本公子，居然還敢來要賬？來了也好，本公子正要尋他們呢！」鄭爽咒罵幾句，長身而起道：「走，看看去。」

鄭富卻知道對方既然敢來討賬，定是有備而來，於是也表情沉重地站起來，道：「走。」

# 第一一三章 冤有頭債有主

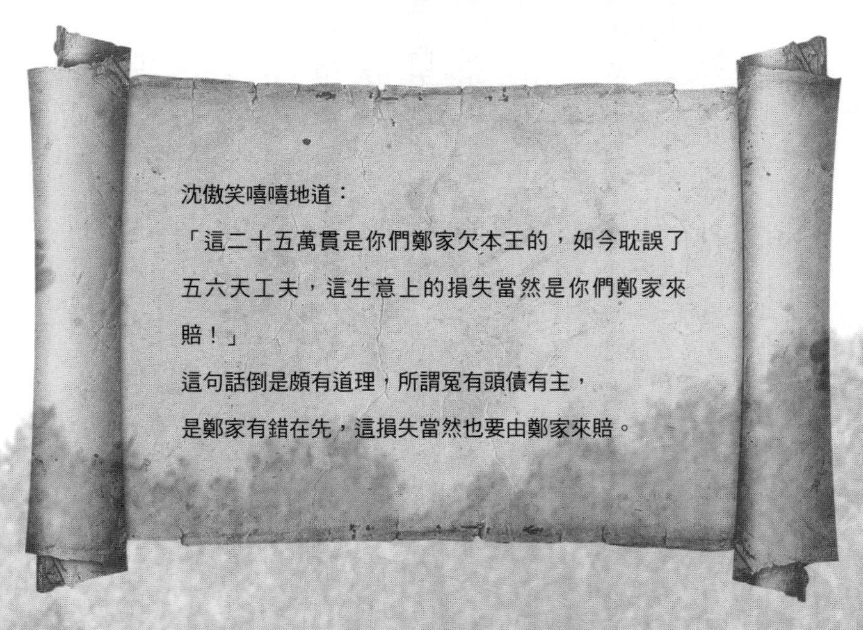

沈傲笑嘻嘻地道：

「這二十五萬貫是你們鄭家欠本王的，如今耽誤了五六天工夫，這生意上的損失當然是你們鄭家來賠！」

這句話倒是頗有道理，所謂冤有頭債有主，

是鄭家有錯在先，這損失當然也要由鄭家來賠。

鄭府門前，皚皚的白雪將門檻前的石階、石獅覆蓋，肆虐的朔風揚起漫天的飛雪，吹得人眼睛都睜不開。就在這門可羅雀的門前，七八十個騎士駐馬而立，冷冷地看著那懸掛在簷下的燈籠。

這燈籠七彩玲瓏，上書「國公鄭」三個字，漆黑的油墨在景物中顯得格外刺眼，散發著一股難掩的富貴之氣和令人不敢漠視的威嚴。

幾十個府上的雜役死死地堵在門檻處，他們的臉上明顯有幾分慌張，有人打上門來，這是鄭家前所未有的事，尤其是這些跨刀騎馬的軍漢，一個個木然而立，如刀的眸子在他們臉上冷漠巡視，讓他們不但身子冰涼，連心都冷了。

最前的沈傲慢慢勒馬前行幾步，不遠處的一根冰凌自屋簷下掉落下來，撲簌一聲落入雪中。沈傲挺身坐在馬上，手裡揚著馬鞭，下巴微微抬起，傲然道：

「都滾開，本王要找鄭爽，誰敢攔路，可莫怪本王劍下不留情面。」

「王爺……」一個主事模樣的人膽戰心驚地排眾而出，儘量做出一副笑吟吟的樣子，只是臉上的肌肉有些生硬，笑比哭好看不了多少。

「不知王爺找我家少爺所爲何事？就算有什麼事，王爺來府上，就是我們鄭家的貴賓，何必要動刀動槍？何不如下馬吃口茶，再慢慢地把事說清楚？」

沈傲冷冷一笑，揚出一張紙來，道：「鄭爽欠本王二十五萬貫賴賬不還，說好了五天前就把錢送到，到現在都還沒有消息，他躲到哪裡去了？叫他來見我，你們鄭家若是還不出錢來，今日本王就拆了你們的宅子！」

主事一聽，不由倒吸了口涼氣，不禁道：「我家少爺怎麼會……」

沈傲打斷道：「少廢話，白紙黑字，要不要京兆府來查驗？想賴本王賬的人還沒有生出來，給你們一炷香時間，到時候別怪本王不客氣。」

主事一面叫人去催促小少爺來，一面去叫人請老爺、二老爺，陪著笑臉道：「王爺息怒，待會兒少爺就來了。只是小人想問一下，這二十五萬貫到底是怎麼回事？總要說個清楚不是？」

沈傲語氣溫和了一些，呵呵一笑，道：「他向本王買了一隻雞。」

「雞……」主事哭笑不得：「什麼雞值二十五萬貫？王爺不是說笑？」

沈傲臉色驟變，怒道：「說笑？本王養一隻雞你當是容易的事？忍痛割愛賣給你家少爺，你當本王心裡痛快？這麼好的一隻雞，和本王朝夕相處，相濡與沫，一年多的交情，才換來這二十五萬貫錢，已經便宜了鄭爽這狗東西，誰知道這狗東西拿了本王的雞居然敢賴賬。二十五萬貫，足足耽誤了五天功夫，你知不知道，有五天功夫，拿二十五萬貫去做點生意，何止翻十倍？他害本王損失了兩千五百萬貫，你居然還說本王是說笑？」

他冷冽一笑，繼續道：「今日和你明說了，不把這賬還了，不把本王的損失賠回來，本王便活剮了鄭爽。」

主事已經嚇得兩腿僵住了，怎麼說變就變，二十五萬又成了兩千五百萬？這分明是打劫才是。他不由朝街外看過去，才發現長街的兩端圍滿了人，都是來看熱鬧的，其中還夾雜著幾個京兆府的差役，可是看到了沈傲，立即就當做什麼事都沒有發生過，埋著頭連站出來都不敢。

主事心裡已經認定，這平西王就是來找碴的，只是他一個主事能做什麼主？只好訕訕一笑道：「王爺少待，我家老爺這就來了。」

正說著，鄭爽的聲音傳出來：「是誰？是誰來要賬的？本少爺正要找你，想不到你這狗奴才居然還敢來。」他排眾出來，看到沈傲和身後數十名騎士，不禁呆了一下，隨即鄭富也鑽了出來。

「我說是誰呢，原來是平西王，難怪在決勝坊瞧見了你。原來是你設了一個圈套要本公子來鑽。」鄭爽冷笑一聲，不以為意地道。

鄭富的眼眸閃爍，這時也不知該如何是好，心裡想，怎麼會是平西王？正遲疑著，沈傲厲然看了鄭爽一眼，冷冷地道：「鄭公子，本王來和你算這筆賬，你買了本王的雞，怎麼還不付賬？」

說到這個雞字，鄭爽已是勃然大怒，這時候也顧不得什麼，便破口大罵道：「狗東西，這筆賬本少爺正要和你算！」

沈傲突然衝馬上前，大喝一聲：「殺！」

「殺！」六七十個騎士一齊發力，朝鄭家撞過去。一時間，鄭府的門房處便一陣混亂，一個個抱頭鼠竄，有沒跑掉的，被馬衝了個七零八落跌在雪地裡，嘴裡啃了一口的雪。

鄭爽正要大罵，這時，突然一柄劍架在他的脖子上，劍鋒冰涼刺骨，幾乎要扎入他後頸的肉裡，握著劍的主人一張英俊的臉發出似有似無的冷笑，慢吞吞地道：

「方才的話，你敢不敢再說一遍？」

鄭爽這種紈褲公子哪裡見過這種陣仗？牙關開始打顫，雙膝間流出一灘腥臭的液體，他嘶聲大哭：「爹……」

鄭富也被方才這一下閃得腰骨生痛，這時見鄭爽落到了沈傲手裡，又氣又急，跺腳道：「平西王，你這是做什麼？你把事情說清楚，若是爽兒當真欠了你的賬，自然還你就是。」

沈傲卻是不急，將劍收回，一把提起鄭爽的衣襟，看著他道：

「你敢罵本王？你是什麼東西？也敢罵本王是狗東西？本王是駙馬都尉，你這麼說，豈不是說陛下將帝姬嫁給了一條狗？混賬東西，今日不給你一點顏色，你是不知本王的厲害了。」

說罷，沈傲揚起手來，左右開弓，狠狠地在鄭爽的臉上來回抽打，每一巴掌都用力十足，鄭爽痛得哇哇大叫：「我……我不敢了，饒命，饒命……爹……」

「啪啪啪啪啪……」足足幾十個耳光下去，鄭爽的左右臉頰早已腫成了兩塊番薯，他的哭聲也越來越弱，幾乎只剩下低聲嗚咽。

鄭富看得心猶如在滴血，自己的心肝寶貝，從小到大連罵都沒有罵過幾句，今日竟當著這麼多人的面肆意毆打，人打成這個樣子，這不是要他的老命？

他想要衝上去，結果前頭兩匹戰馬截住了他，馬上的騎士鏗鏘一聲，抽出明晃晃的刀來，冷冷道：「平西王辦事，閒人回避。」

沈傲打得差不多了，如丟垃圾一樣甩開鄭爽的衣襟，鄭爽就如爛泥似地倒在雪地裡。沈傲又抽出尚方寶劍，劍鋒狠狠向鄭爽不遠處的雪地裡刺進去，道：

「這筆賬，怎麼算？」

「嗚嗚嗚嗚……」鄭爽只顧著哭。

沈傲一腳踹在他的肩骨上，冷冷道：「本王問你，這筆賬怎麼算？拿了本王的雞想不給錢？你當本王是什麼？」他朗聲道：「欠債還錢，天經地義，想不還也可以，拿你的狗命來抵賬。」

這時，周恆踩著雪過來，目露凶光，提起軍靴，狠狠地踩住鄭爽的手，死命地加重力道，鄭爽嗷嗷地大叫：「還……還……」

周恆道：「平西王的賬是平西王的，我周恆的賬還要和你好好算一算。」

沈傲拉住周恆：「表弟，他只要還賬就好商量，不要爲難人家，人非聖賢孰能無錯，先把賬算清楚了再說。」

周恆頷首點頭。

鄭府門前的人聽到鄭爽的嚎叫，一個個探頭探腦來圍觀，這些人既無人叫好，也無人義憤填膺，方才沈傲的話，大家都聽得明明白白，欠債還錢天經地義，但凡是紈褲公子，欠點外債也是常有的事，只是許多人想，欠誰的錢不好，居然敢欠平西王的，也活該是他倒楣了。

這種欠賬討債的事多了去了，就是告到衙門，只要不打死人，衙門也一向是不受理的；既然欠了別人的賬，別人自然有追討的權利，你若是死皮賴臉的不還，打你又如何？

這時，圍觀的百姓中摻雜的幾個京兆府差役嚇了一跳。誰也不曾想平西王竟然當真衝進去打人，瞧眼前這架勢，當場殺人也不無可能。

以他們的身分，當然不敢攙和到這裡頭去，兩個都是皇親國戚，一個富可敵國，一個權傾天下，神仙打架，遭殃的只會是他們。不過這畢竟是天子腳下，他們不敢管，總還是要通報一聲，於是幾個差役退出人群去，跌跌撞撞地往京兆府去了。

京兆府尹這些日子過得還算安生，這府尹現在就等著來年吏部考試，若是幸運，說不準能進戶部、吏部這種炙手可熱的大衙門也不一定。

這時卻有差役來報：「不好了，大人，平西王帶著校尉衝去鄭國公家打起來了……」

這位府尹大人以為自己聽錯了，等消息確認之後心裡苦笑，這不是坑人嗎？前幾日還說這位平西王賞臉，總算沒有捅婁子，如今……非但鬧了起來，居然一鬧就是天大的事。

府尹大人這下是左右為難，若是帶了差役去，說不準那沈愣子直接甩他幾個耳光讓他滾蛋，得罪了這位沈愣子，脫一層皮還是輕的，誰知道將來會如何？可要是不聞不問，鄭家會怎麼想？到時候御史們彈劾，說不準拿自己當替罪羊，那真是千古奇冤，六月飛雪了。

府尹想了想，不成，得去尋大理寺，這種事，無論如何也不能沾惹上，先甩出去再說，於是叫人備了轎子，飛快地叫人往大理寺去。

一到大理寺，便叫人通報大理寺寺卿姜敏。先說了幾句客氣話，最後才露出狐狸尾巴：「姜大人，下官無事不登三寶殿，實在是有件事要大理寺出面，就在方才，平西王帶著校尉衝入了鄭家，把鄭家的少爺打了……」

姜敏聽了，臉色驟變，不由道：「你爲何不早說？」

府尹苦笑道：「下官實在有難言之隱，望大人海涵。」

誰知姜敏雙手一攤道：「你叫老夫管，老夫又該拿什麼管？他們兩個都是宗親，要管，那也是宗令府來管才對。」

府尹不禁撫額道：「下官竟是忘了這一層干係，宗令府出面是最好不過的了。大人，現在該怎麼辦？宗令府是晉王主事的，晉王的脾氣……」

姜敏板著臉道：「不但宗令府要管，你我也不能置身事外，不如這樣，我們一起去請晉王，讓晉王領頭，你我隨從如何？」

府尹苦笑道：「也只能這麼辦了。」

想到晉王是陛下的同胞兄弟，這干係怕也只有晉王擔得起，只能他從中去斡旋。府尹總算定下神來，立即尾隨著姜敏，二人各自上了轎子，一齊往晉王府而去。

晉王這幾日大門不出，二門不邁，還在爲雞的事傷心，自小到大，他從來沒有被人這般折辱過，誰知一個鄭公子一下子竟將他打懵了，堂堂晉王，居然連一隻雞都搶不過，這還了得？非但丟了面子，更沒了尊嚴，於是整日將自己關在府裡，落落寡歡。

王妃見他這樣，平時巴不得他整日膩在家裡，這時候卻希望他像往常一樣出去走走，於是勸慰了幾句，只是晉王還是一副鬱鬱寡歡的樣子。

這時，門房拿了名刺過來，道：「王爺，大理寺寺卿、京兆府府尹前來拜謁。」

趙宗此刻什麼人都不想理，不耐煩地道：「滾，叫他們滾，本王不見他們。」

門房嚇了一跳，連忙去回覆，過了一會兒，又小心翼翼地進來，道：「王爺，他們說出大事了，王爺不出面，只怕天都要塌下來了。」

「出事了？」

趙宗的眼眸一亮，這世上再沒有比出事更能令他打起精神，激起他的鬥志，他立即抖擻精神，坐直身體道：「請，快請，上茶，上好茶！」

耳房那邊，趙紫蘅正在畫畫，聽到「出大事」三個字，也貓著身子，隔著門縫偷聽。

過不多時，姜敏和京兆府尹一道稟見。二人先向晉王行了個禮，趙宗很熱情地起身挽住他們：「不必多禮，到底出了什麼大事？天到底要怎麼塌了？」

「殿下……」姜敏苦笑著將沈傲帶校尉衝入鄭家的事說了，最後道：「鄭家是外戚，平西王既是駙馬都尉又是親王，不管怎麼說，此事合當晉王來處置。晉王，再不走只怕要出大事了，請晉王立即動身，否則鬧將起來，朝廷的顏面也不好看。」

趙宗一聽，又驚又喜地道：「打起來了？」

「你高興個什麼？」府尹當真是欲哭無淚，心裡悲催的想著。眼見二人的眼神有點兒疑惑不解，趙宗咳嗽一聲，正色道：「太壞了，太壞了，那姓鄭的居然敢行凶，欺負到平西王頭上，真是沒有王法，本王一定要主持公道。」

府尹道：「殿下，錯了，是平西王打了鄭家的公子。」

「哦。」趙宗連忙道：「對，對，本王聽錯了。太壞了，那姓鄭的居然敢挨平西王的打，本王要去主持公道。來人，快把本王的蟒袍取來，本王要更衣，叫幾個王府侍衛在外頭候著，本王要出門！」說罷，立即更了衣。

王妃聽到動靜，過來問：「王爺這是要到哪裡去？」

趙宗板著臉正色道：「出大事了，沒有本王去斡旋是不成的，本王身爲宗親之首，自然該當去懲惡揚善。」

王妃難得見他有興致，今日竟不像從前那樣對他問東問西，替他繫緊了玉帶，捋平了衣衫，囑咐道：「早些回來。」

趙宗如小雞啄米似地點頭，精神奕奕地走到大堂，對二位大人大手一揮，氣勢洶洶地道：「走，去鄭府！」

這時，耳房裡衝出一個人來，明眸皓齒，穿著一件狐皮裙兒，提著裙裾，踩著小靴子道：「我也要去，我也要去。」

趙宗一看，是趙紫蘅，便板著臉道：「你去做什麼？那裡是離不得你父王，父王才勉為其難地走一遭；你一個女孩兒家，乖乖地待在家裡陪你母妃說說話。」

趙宗朝目瞪口呆的二位大人努努嘴道：「還愣著做什麼？事關重大，極有可能釀成血光之災，不能耽擱了。」

「對……對……王爺請。」

「住手！」

鄭府門房前，一位老者穿著圓領衣衫，臉色冷淡，慢吞吞地踱步過來，在他的身後是數十個鄭府的家僕，明火執仗，氣勢洶洶。

來的人正是鄭克。鄭克早就收到了消息，卻沒有馬上出面，此事很有蹊蹺，那沈傲雖然被人叫做是愣子，可是鄭克卻知道，此人謀定而後動，既然如此大張旗鼓地來，必然有所依仗，所以他先讓鄭富在前頭擋著，自己卻退居幕後，等到事情失去了控制，才不得已親自出面。

鄭克一雙眼眸逡巡了片刻，目光落在鄭爽身上時，眼皮不禁跳了一下，看了沈傲一眼，淡淡地道：「平西王好興致。」

沈傲見正主來了，臉上看不出喜怒，道：「興致談不上，只是來追討一筆賬而已。」說著又踢了地上的鄭爽一腳。

鄭富在一旁已經失去了分寸，他平時固然呼風喚雨，但是獨子被打成這個樣子，鄭富就是有再大的本事，這時也使不出了。

鄭克看著沈傲，漫不經心地道：「討賬？什麼賬？我鄭家家大業大，還怕賴平西王的賬嗎？平西王可不要血口噴人。」

沈傲揚了揚手上的借據道：「這就是證據，要不要請人來驗一驗？」

鄭克冷笑一聲道：「來人！」

一個賬房模樣的人排眾而出，朝鄭克行了個禮，道：「老爺。」

「驗！」

這賬房慢悠悠地走到沈傲這邊，對沈傲道：「平西王殿下，能否將借據給小人看看？」

沈傲倒也不怕他們耍賴，便將借據交給這賬房。

鄭克道：「現在，平西王是否該算一算另外一筆賬了？」

沈傲與這鄭克對視，語氣冷淡地道：「噢？鄭國公還有一筆賬要和本王算？」

鄭克突然變得殺氣騰騰起來，道：「你帶兵衝入我鄭府，毆打我的侄兒，如今我侄兒身受重傷，殿下就不要給一個交代嗎？」

他話音剛落，從鄭府裡突然衝出更多人來，這些人從四面八方出來，拿著槍棒，一聲銅鑼聲響起，個個蜂擁而上，竟是將鄭府圍了個水泄不通。

鄭家當然不是好欺負的，不說府邸裡的家奴便有數百之多，在汴京的許多店鋪，年輕力壯的小廝更是不少，方才鬧起來，鄭克當機立斷，立即命主事將附近店鋪的小廝全部叫來，官府既然不敢管，那就只能用私鬥來解決了，如今已經不再是一個鄭爽的事，事關著他鄭克的臉面，今日若是讓平西王這般折辱，鄭家的面子要往哪裡擱？

「咦……」沈傲不由好笑道：「怎麼？鄭公爺這是要嚇唬本王嗎？」他的言語中帶有幾分譏諷，絲毫不將圍上來的家奴小廝放在眼裡。

鄭克臉色鐵青，冷哼道：「就是要嚇你又如何？殿下既然敢來，鄭某人沒有不奉陪的道理。來人！」

「在！」無數人吆喝著。

鄭克厲聲道：「打落一個人下來，賞錢十貫！」話音剛落，無數人殺氣騰騰地蜂擁著朝校尉們衝殺過去。數十個騎兵立即緊緊地以沈傲爲核心圍攏，列成一字長蛇。

「殺！」帶隊的中隊官抽出刀來，刀鋒在大雪紛紛中冰涼刺骨，馬刺狠狠扎著馬腹，戰馬嘶鳴一聲，朝人群最蜂擁的地方急衝過去。

「砰！」無數人七零八落，接著傳出陣陣慘呼，馬刀也絕不客氣，反轉刀鋒，用刀背狠狠朝馬下亂哄哄的人砸去。

「鬧大了……」一看這場景，看客們居然生出莫名的激動，想不到事情會演化到這個地步，無數的哀號聲傳出，也不知到底是哪邊占了上風。

沈傲和鄭克都站著沒有動，前方接踵的人影遮擋住了他們的視線，可是他們的眼睛卻不可避免地落成一個焦點。

正在不可開交之際，長街的兩頭，又出現一隊隊人馬，這些人戴著鐵殼范陽帽，穿著禁軍的衣甲，一齊高呼一聲：

「殺！」

數丈寬的中門川流不息地湧出越來越多的人來，一開始占下風的校尉，人數越來越多，竟是烏壓壓得看不到盡頭。

面對如狼似虎越來越多的校尉，這些小廝、家奴哪裡是對手？頃刻之間便被打倒，躺在地上呻吟，鄭克對眼前所發生的事竟是視而不見，只是鼓掌道：

「武備學堂果然非同凡響，鄭某人佩服，佩服！」

「哪裡，哪裡，玩玩而已。」沈傲笑嘻嘻地道：「不過既然玩了，當然也要有個彩頭是不是？來人！」

數百名校尉一齊大喝：「在！」

沈傲喝道：「看看你們，把鄭家弄成了什麼樣子？還不幫鄭老爺清理一下？」

周恆率先道：「遵命。」眾人轟然應諾，隊伍四散開來，見了東西就砸，一時間，四處乒乓作響，整個鄭府變得一片狼藉。

鄭克卻是不以為意，只是淡淡笑道：「這宅子老夫早就不想住了，一座宅子而已，殿下請便。」

這份氣度，一點也不像是作偽，倒像感激沈傲叫來這麼多人砸他的府邸一樣。

正在這個時候，那賬房捏了借據過來，低聲在鄭克耳畔道：

「老爺，確實是小少爺的筆跡，沒有錯。」

「知道了。」鄭克冷哼一聲，心裡不禁有氣，若不是沈傲手裡捏了把柄，鄭家怎麼會鬧到這個地步？只是這時宅子被人砸了，人也被人打了，那些校尉還不亦樂乎地在那拆屋敲牆，一座富麗堂皇的鄭府竟是一下子化作了一堆瓦礫，結果理虧的還是他鄭家。

「二弟，去店鋪裡支用二十五萬貫給平西王。」

「兄長……」鄭富面帶愧色地道：「他們……」
「去吧，拿了錢，把爽兒贖回來，其他的事，來日方長。」他刻意將「來日方長」四個字咬得很重。
這時他也有些後悔，這姓沈的一向精明，怎麼會沒有後著？誰知道在外頭，他們還埋伏了一隊校尉，原以爲直接將他們打出去，如今打落了門牙卻要往肚子裡咽。
沈傲踱步過來，笑吟吟地道：「且慢！」
鄭克冷冷地看著沈傲道：「不知殿下還有什麼吩咐？」
沈傲笑嘻嘻地道：「不是二十五萬貫，是兩千五百萬貫！」
鄭富聽到二十五萬貫已是心如刀割，現在聽到兩千五百萬立即跳起來：
「胡說，哪裡是兩千五百萬貫？平西王莫非是要搶劫嗎？」
沈傲臉色也冷下來，一下子抓住鄭富的衣襟，狠狠地瞪著他道：「你敢污蔑本王，你算是什麼東西？信不信本王拿尙方寶劍斬了你的狗頭?!」
鄭克連忙拉住，道：「殿下，這兩千五百萬是什麼意思？」
沈傲鬆開鄭富，呵呵笑道：「兩千五百萬貫就是兩千五百萬貫，一個子兒都不能少。」
鄭克冷哼一聲道：「殿下是要我鄭某人玩嗎？」

沈傲笑嘻嘻地道：「哪裡，哪裡，實話和你說了吧，那隻雞和本王是莫逆之交，你當本王爲什麼要賣了牠？還不是手頭上有一筆大買賣急需用錢？這二十五萬貫是你們鄭家欠本王的，如今耽誤了五六天工夫，害本王錯失了這筆大生意，這生意上的損失當然是你們鄭家來賠！」

這句話倒是頗有道理，畢竟是鄭家欠賬不還在先，讓這位平西王損失慘重；所謂冤有頭債有主，是鄭家有錯在先，這損失當然也要由鄭家來賠。

鄭富冷笑道：「什麼生意只五六天功夫就能獲利百倍？平西王莫要欺人太甚！」

沈傲哂然一笑：「哦？原來鄭老兄居然不知道這筆生意？那本王不妨說出來，這筆生意在太原……」他朝太原方向指了指，道：

「本王是打算拿二十五萬貫收購一筆糧食，再送到太原去兜售，汴京的米價大致是九十文一斗，運到太原去，加上損耗，就是一百五十文上下。本王聽說，太原有不少商賈已經將米價提到了一貫七百文一斗，這不是百倍的獲利又是什麼？怎麼？你們鄭家難道還會不知道這筆生意？這就奇了，鄭家不知在太原屯了多少糧食，不是一直都是一貫七百文出售的嗎？還是你們鄭家故作不知，怕這秘密傳出去，大家都大賺這一筆？」

鄭克和鄭富二人已是臉色鐵青，太原的米價確實是上漲了百倍，這百倍的價格，也是因爲他們在幕後操作、囤貨居奇的緣故。如今被沈傲揭穿，卻又打著這個名義來訛錢，確實令他們沒有想到。

沈傲冷笑道：「鄭家害本王一夜之間損失了兩千五百萬貫，這麼一大筆錢，本王要不要來追討？要不要來算賬？這錢，你們給也要給；不給也要給，否則保證讓你們後悔終生，讓你們鄭家滿門不得安生！」

沈傲死死地盯著鄭克，繼續道：「鄭國公，不知本王說的對不對？這賬，你們鄭家到底還不還？」

他哂然一笑道：「不還，其實也可以，本王可以先收回點利息走，比如這位鄭爽鄭少爺，只好隨本王先回去了。不過子債還要父還，先是尋這鄭富，鄭富什麼時候死了，就是這位鄭家大老爺還。不管怎麼說，只要姓鄭的還有一個活著，就非還不可。」

# 第一一四章 殺人是為了救人

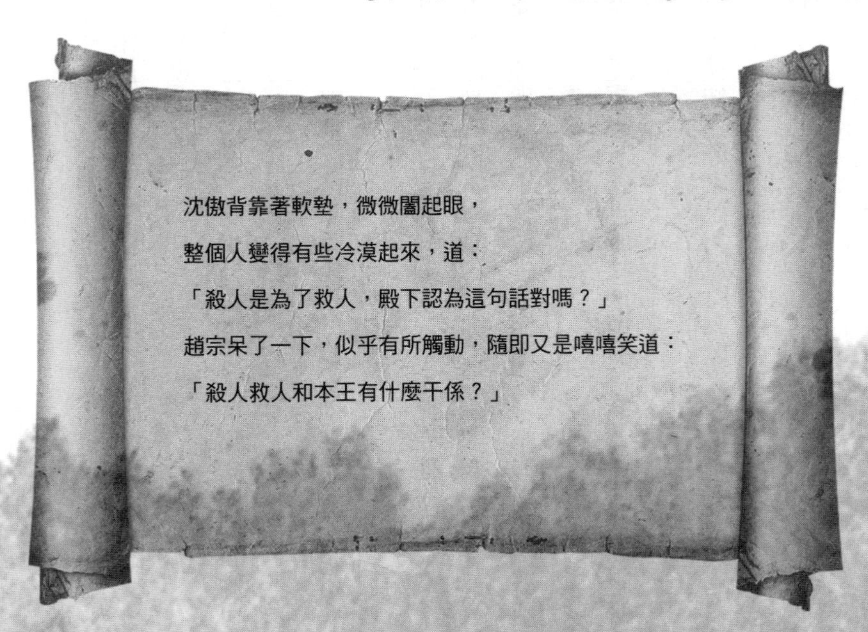

沈傲背靠著軟墊，微微闔起眼，
整個人變得有些冷漠起來，道：
「殺人是為了救人，殿下認為這句話對嗎？」
趙宗呆了一下，似乎有所觸動，隨即又是嘻嘻笑道：
「殺人救人和本王有什麼干係？」

鄭家兄弟面面相覷，兩千五百萬貫怎麼能說給就給？可是不給……鄭爽怎麼辦？這平西王鐵了心要翻臉，又尋到了藉口，誰知道下一步會採取什麼行動？

鄭富低聲道：「兄長，不如……」

他擔心獨子的安危，這時方寸已亂，兩千五百萬貫雖是鄭家十年的獲利，卻也不是拿不出，只要把幾個大買賣盤出去，總還是能湊出來。

鄭克卻是板著臉道：「你不必說了，二弟，我知道你的心思，只是這件事，為兄萬難點這個頭。」

鄭富唯唯諾諾，看到昏厥過去的鄭爽，整個人像是呆住一樣。

鄭克目光落在沈傲身上，冰冷的道：「錢，我鄭家有，卻絕不會受平西王的脅迫。鄭爽那逆子不肖，從此之後，他與我們鄭家已經一刀兩斷。平西王，你既說冤有頭債有主，這筆債，你自去尋他，與我鄭家無關。」

鄭克知道，這時候萬萬不能認輸，一旦服軟，鄭家這麼大的家業，籠絡的這麼多官員怎麼辦？

其實這種事但凡想一想，就知道鄭家已無退路，鄭家的生意太大，許多生意都不乾淨，現在各處關隘、路府的官員因為畏懼鄭家的權勢才不敢輕舉妄動，可是有朝一日若令他們知道，平西王要對付鄭家，而鄭家竟毫無還手之力，最後會有什麼樣的結果？

人都是趨炎附勢的，尤其是下頭的官員，一旦讓他們沒有了忌憚之心，他們就會爲了討好這個攝政王，瘋狂的查抄鄭家的生意，到了那個時候，損失的何止兩千五百萬貫，只怕兩億五千萬貫也未必。鄭家數代人的心血，豈能因爲一個紈褲子弟而拱手於人？鄭克寧願玉石俱焚，也絕不會點這個頭。

「死一個鄭爽，又算得了什麼。」鄭克已經做出了決定，絕不會動搖。

鄭富絕望的看了鄭克一眼，喃喃道：「兄長……」他的聲音在這冰天雪地中，連他自己都聽不清了。

「讓開，讓開，晉王來了！」外頭傳出一陣嘈雜聲響，晉王在幾個護衛的拱衛下，負著手過來，身後是姜敏和京兆府府尹。

鄭克聽到晉王二字，臉色一動，隨即帶著鄭富迎過去，朝著趙宗行禮：「晉王殿下來的好，平西王在本公府上行凶，還要請殿下主持公道。」

趙宗激動的道：「聽說你家公子鄭爽被人打了是不是？人在哪裡，本王要親自探視。」

鄭克心想，這晉王怎麼如此在意鄭爽？莫非……

趙宗看到了昏厥在雪地中的鄭爽，滿是遺憾的道：「沒有死吧？」

鄭克道：「殿下，和死也差不多了，請晉王做主。」不管怎麼說，只要有晉王出面，鄭克多少還是相信晉王是不會偏頗的，今日的事暫且先遮掩過去，至於這平西王，到時再和他算賬。

趙宗掃了一眼，心裡大致已經明白這裡發生什麼事了，不禁道：

「你們先把話說清楚，本王才能明斷是非。沈傲，本王問你，你爲什麼這般枉法，居然敢帶校尉打到鄭府來？你可知道，鄭家也是皇親國戚，更是江北首富，富可敵國，權傾天下，家裡是用珍珠粉餵豬，一隻雞別人用三十文錢買，他們家卻用二十五萬貫來買……」

他越說越離譜，直到身後的姜敏瞪大眼睛不斷咳嗽，趙宗才意識到了自己的失態，立即換了一副口吻：

「你實在是太不知好歹了，鄭家小公子平時素來與人無冤無仇，只是鬥鬥雞、鬥鬥富，偶爾和人比比誰的錢多，你就這般的打他？你還有沒有良心？」

等聽到沈傲說鄭爽欠債不還的時候，趙宗不禁冷笑一聲：「欠債不還而已，本王欠債一向也不還的，你也不該把他打成這樣。」

沈傲見趙宗板著臉的模樣就想笑，偏偏這時候絕不能笑出來，只好道：「可是他並不是晉王。」

晉王沉著臉道：「可是在本王心裡，這位鄭公子比本王還要囂張跋扈，比本王還要厲害，本王和他爭一隻雞，還不是輸了，本王說了什麼？什麼都沒有說吧，這便是因爲親王肚子裡能撐船的緣故。」

鄭克聽了，感覺有些不妙，這言外之意，不是說鄭爽曾經得罪過晉王？他連忙道：「晉王，逆侄實在該死，不過鄭家與他從此一刀兩斷，再無關係，若有怠慢之處，還請晉王見諒。」

「一刀兩斷了？」趙宗不禁一呆。

沈傲也忍不住佩服這鄭克的魄力，說斷就斷，一點兒拖泥帶水都沒有。如此一來，眼下的麻煩可以撇得一乾二淨不說，如果再繼續鬧下去的話，只怕就顯得自己有些理虧了。

趙宗原以爲會有一齣好戲可看，誰知道自己剛來就沒戲了，不禁心裡搖頭，問沈傲道：「平西王以爲如何？」

沈傲淡淡的道：「全憑晉王殿下做主。」

趙宗道：「這錢，當然要還，將鄭爽帶回去，一日還不出，一日不許放出來。」

他朝沈傲使了個眼色，繼續和稀泥道：「好啦，今日的事就當沒有發生過，既然鄭爽不是鄭家的人，沈傲打了他，也不過是打了個欠賬不還的草民而已，欠債還錢天經地義對不對？你們都看本王的面上，握手言和吧。」

鄭克臉色也變得很快，臉上立即帶著笑容伸出手：「平西王，多有得罪。」

沈傲冷冷的看了鄭克一眼，「這就不必了，本王只和女人手牽手。」

鄭克淡淡一笑，也沒說什麼。倒是那鄭富卻是一臉欲言又止的樣子，滿臉愁容，眼睛落在鄭爽處，見有幾個校尉已經將他押了出去，整個人更是失魂落魄到了極點。

晉王哈哈一笑：「你看，這樣多好，以和為貴嘛，沈傲，還不快走。」

雪漸漸停了，外頭的看客也驅散開去，校尉們開始收隊，沈傲和趙宗並肩出去，趙宗拉住他，叫他上他的馬車，不禁狂笑，手指著沈傲道：

「你這傢伙，這麼大的事也不先知會本王一聲。」

沈傲道：「我是去討賬，叫王爺去做什麼？」

趙宗正色道：「我去拉架難道不行？」

沈傲搖搖頭，道：「原本還想訛個兩千五百萬貫，誰知王爺這麼一來，煮熟的鴨子竟是飛了。」

趙宗不禁吃驚的道：「你當真指望他們拿出錢來？」

沈傲淡淡一笑：「不過他們不拿更好，若是拿出錢來，他鄭家或許還有一線生機，現在既然不拿，倒是正好將他們連根拔起。」他對晉王並不避諱，只是道：「到時候瞧好戲就是。」

趙宗大嚷道：「我要去宮裡向皇上告密。」

沈傲呵呵笑道：「你儘管去告，王爺差點兒忘了，你我還是準翁婿呢，哪有岳父大義滅親，要去狀告女婿的。」

趙宗訕訕然道：「這也未必，你這樣的女婿太壞了，不要也罷。」

沈傲奇怪的看了他一眼：「再壞能壞得過準泰山大人？」

趙宗嘻嘻一笑：「彼此彼此。」

二人一路說笑，早就沒將事情放在心上。

這時周恆飛馬過來，問道：「就這麼白白便宜了姓鄭的？」

沈傲看了趙宗一眼，道：

「當然不能，晉王還沒有玩夠呢，弟兄們既然出了營，也該活絡一下筋骨。告訴他們，每隊各自去鄭家在汴京城的店鋪，凡是鄭家的產業，統統給本王砸了，我要讓鄭克知道，他既然想玩，遊戲才剛剛開始，好戲還在後頭。」

周恆一臉興奮，道：「我這就去。」

趙宗瞪大眼睛看著沈傲：「從前看你像書生，後來覺得你是愣子，可是今日本王才知道，原來你竟是個殺人不眨眼的凶神惡煞。」

沈傲恬然道：「殿下高抬我了，我這人做事一向恩怨分明。滴水之恩，湧泉相報！睚眥之怨，不共戴天！既然鄭家敢惹我，平時又不知收斂，一心斂財，本王不介意讓這些人死無葬身之地。」

趙宗嘆了口氣：「你太壞了，以後會教壞我的。」眼珠子一轉：「那個叫鄭爽的，能不能交給本王來發落，這傢伙實在太可惡，本王若是不教訓教訓他，著實是寢食難安。」

沈傲搖頭：「不是不肯給，實在是這個人對我有太大的用處。」

馬車在雪地中漫無目的的走著，留下兩道深深的車痕，天空漸漸晴朗，可是天氣卻更加冷了，趙宗不禁緊了緊衣衫，吁了口氣道：

「這麼冷的天還要去看人砸店舖，真是難爲死本王了……不過……」他突然笑嘻嘻起來：「本王樂意看到姓鄭的倒楣，要砸就砸得乾脆俐落一點，好叫本王開開眼界。」

沈傲背靠著軟墊，並沒有感受到這股寒意，只是微微闔起眼，整個人變得有些冷漠起來，道：「殺人是爲了救人，殿下認爲這句話對嗎？」

趙宗呆了一下，似乎有所觸動，隨即又是嘻嘻笑道：「殺人救人和本王有什麼干係？」

夜裡的汴京城尤其熱鬧，好事的人發現，街上突然出現了許多校尉，他們一隊隊的出現，留下一道道雪印，按圖索驥，到了某處店鋪便破門而入，下手毫不留情。整個汴京城都知道，平西王和鄭國公已經勢同水火，到了劍拔弩張的地步。

楊戩一大清早，便被叫去了文景閣，今日有些不太尋常，趙佶顯得有點兒怒氣沖沖，劈頭蓋臉的便道：

「沈傲的愣病又發作了！」

楊戩只好咳嗽，這咳嗽是用來掩飾尷尬的，其實昨天夜裡，他就知道了消息，只不過這種事心照不宣，人家要去砸，他能怎麼樣？陛下沒問，他就當做不知道；陛下既然問起了，他也只能裝傻。

趙佶道：「鄭妃昨夜糾纏了朕一夜，她也是個可憐人，娘家人被欺負到這個份上，到底是怎麼回事？」

楊戩這時再不能裝瘋賣傻了，略一猶豫道：「奴才聽說，事情的起因是鄭家的少爺買了平西王一隻雞……」

雞……一隻雞引發的血案，這是趙佶聞所未聞的，他又好氣又好笑的道：「平西王什麼時候開始賣雞了？」

楊戩將頭垂得更低，苦笑道：「沈傲行過書，做過畫，開過茶坊，賣過酒；今日賣雞，想必也是情理之中。」

這句話說得很有道理，若說周正去賣雞，這是反常；石英賣雞，那是教人跌破眼鏡，可是沈傲賣雞，簡直就是順理成章的事，他若是不賣雞，那才是太陽打西邊出來了。

趙佶繼續道：「買了一隻雞……然後呢？」

景泰宮。

太后清早起來剛剛梳了頭，聽到宮外有人竊竊私語，說鄭妃昨夜侍寢時向陛下哭訴求告云云，太后聽了，眉宇不禁壓下，召敬德進來，問道：「鄭妃又是怎麼了？」

敬德笑道：「據說是娘家人受了欺負，這時還在哭呢，陛下心裡也不高興，說是一定要為鄭妃出口氣。」

太后板著臉：「怎麼三天兩頭的有事，陛下寵幸，安安生生做她的妃子就是，嫁進了宮，卻天天管外頭的事。」

敬德道：「奴才聽說，平西王將鄭家的人給打了，還把鄭妃的堂弟給抓了去，更教人砸了鄭家的店鋪，事情鬧得很大，到處都是議論紛紛，不止宮外，就是宮裡也傳得兇，賢妃一早就嚇得去向陛下請罪了。」

太后這時臉色緩和了一些，長袖微微一攏，慢吞吞的道：「這就奇了，沈傲沒事去惹姓鄭的做什麼？」

「一隻雞……」

敬德說出這句話時，連自己都覺得不可思議，一隻雞竟惹出這麼大的事，誰相信？偏偏這隻雞還真是教整個汴京雞飛狗跳。

太后保養得極好的臉不禁抽搐：

「一隻雞？」

「一隻雞……鄭家的少爺花了二十五萬貫買了一隻雞。」

太后臉色陰鬱起來：「花二十五萬貫買一隻雞，鄭家果然是大手筆。哀家想起來了，上次晉王哭鬧著就是因爲這個，這鄭家的人好威風。」

敬德笑道：「結果那鄭家少爺把雞抱走了，卻不肯拿錢出來。」

太后更是不悅：「他既是要擺闊氣，居然還賴賬不還？」

敬德回道：「所以平西王氣不過。平西王向來不肯吃虧的，太后想想看，二十五萬貫也不是小數目，當然要打上門去，於是便帶人衝進了鄭府，把鄭少爺打了個半死，把鄭家拆了，又教人四處去砸鄭家的店舖。」

「不像話！」太后在殿中踱步，威儀十足：「兩個都不像話，一個身家千萬，卻是一毛不拔、欠債不還；另一個肆無忌憚，在天子腳下這般恣意胡爲，都不是好東西。」

敬德訕訕一笑：「平西王的秉性就是這樣，從來沒有受過氣，所以一生氣，就什麼都顧不上了。」

太后怒道：「他去討錢，若是鄭家不肯給，請哀家做主就是，爲什麼要這般大張旗鼓的打人砸東西，皇家的體面都教他們丟盡了，虧得他還是駙馬都尉，是陛下跟前的寵臣，哀家也這般的回護他。去，告訴陛下，此事不能輕易甘休，叫人去訓斥一下，再……罰俸一年，以儆效尤。」

太后的懿旨，當然還隱含著回護的意思，說是嚴懲，其實只是警告而已。可是敬德應了一聲，腳步卻連挪都沒有挪一下。

太后不禁冷若寒霜的道：「爲什麼還不去，站在這裡做什麼？」

敬德唯唯諾諾的道：「太后娘娘，奴才有句話，不知當說不當說。」

太后抿了抿嘴：「遮遮掩掩，有什麼話說就是。」

敬德低聲道：「奴才聽說，砸人店鋪的時候，晉王和平西王都在車廂裡觀看，兩個人嘻嘻哈哈，還一起大聲叫好呢，許多人都看到了，也聽到了……」

太后的臉立時垮下來，深吸一口氣，徐徐的坐回鳳榻上，問：「這事兒千真萬確？」

敬德道：「具體如何，奴才也不知情，不過，這消息想必也不是空穴來風。」

太后闔上眼，整個人變得陰沉起來，慢悠悠的道：「哀家現在想了想，欠債還錢是天經地義的事，鄭家家大業大，拿了別人的雞，卻不肯付賬，這是什麼？」

敬德順著太后的話道：「大致和搶掠差不多了。」

太后冷冷笑道：「對，就是這麼個道理。堂堂平西王，人家在西夏又是攝政王監國，更是駙馬都尉，爲我大宋立下了多少功勞？這樣的人，卻被鄭家的人如此欺負，這鄭家的膽子未免也太大了一些。」

敬德道：「太后的意思是……」

太后打斷道：「哀家沒什麼意思，是非曲直總要有個公論，鄭家有錯在先，欠債不還，訛了人家一隻雞去，換做是哀家，哀家也要打上門的。這也算是他們咎由自取。哀家一向聽說鄭家的人蠻橫慣了，想來平時這種仗勢欺人的惡跡也是不小，今次若換做是一般的尋常百姓，豈不是教人家打落了門牙往肚子裡咽。沈傲教訓了他們，也算是討回了個公道。雖然他做事過火了一些，卻也情有可原。」

敬德道：「太后娘娘聖明。」

太后悠悠道：「至於那個鄭妃……」她冷哼一聲道：「這個女人也是厲害，竟惡人先告狀，一個女人，不想著怎麼伺候陛下，爲陛下生出一個半個龍子鳳女，卻整日爲她娘家人說話，去關心外朝的事。太祖皇帝在的時候說過什麼？」

敬德道：「後宮不得干政，外戚不得枉法。」

太后冷笑一聲：「這就是了，可是鄭妃總是記不住這句話。敬德，你去鄭妃那裡跑一趟，把這句話告訴她。哀家在這兒等消息，快去快回！」

鄭妃所住的閣樓，離御花園並不遠，從樓上望過去，便可以看到梅林層層疊疊，與積雪相互映襯，白茫茫的一片，天上地下宛若都變成了白色，簷下的冰凌結成一尺多長，滴答滴答地落下晶瑩的水滴，融化了樓下的積雪，形成一道雲是好看的小溪流。偶爾會有幾隻鳥兒突然從梅林中驚起，發出鳴叫，在半空盤旋，遠遠望過去，讓這寒冬臘月多了幾分生機。

這樣的美景，鄭妃卻是一點觀賞的興致都沒有，她三年前入宮，一直頗受官家寵愛，三年時間，由嬪成為妃。按道理，她已經算是世上最幸運的人之一，三千佳麗又有幾個不是惆悵幽怨的？每到華燈初亮時，有多少人望門欲穿？鄭妃卻不必，十日之中，總有個三五日會有一隊身影徐徐而來。

可是今日她卻咬著銀牙，雙肩都不禁在顫抖，一個小內侍梳頭時不知怎麼了，讓她很是不滿意，結果生生地挨了她一個巴掌。

她知道，她與她的娘家，一向互爲犄角，外頭的人過得好，她在宮裡的地位會愈發的穩固。可是昨夜的消息傳進她的耳朵，她幾乎不敢置信，鄭家如日中天，怎麼會突然被人打上門去？再說，鄭爽那堂弟，一向是他不欺負人就不錯了，怎麼會讓別人欺負了？可是當知道打上門的是沈傲，鄭妃相信了。

鄭妃陰沉著臉，這個仇她一定要報，今日若是咽下這口氣，明日鄭家還想有活路嗎？要報仇，自然要指望皇上，她在陛下面前淒婉地哭告，陛下也應允了，說一定要懲戒沈傲。只是這個懲戒會不會只是說說而已，鄭妃卻沒有把握，這時候她只能再等等看。

上午時，就有人接二連三地來慰問，現在款款而來的是德妃。德妃也是四夫人之一，據說一向和淑妃不和。

年紀足足比鄭妃大了十歲的德妃，熱絡的打著招呼，有意無意地說起外頭的事，不禁道：「那平西王是駙馬都尉，也是外戚，算起來和鄭家也是親戚，他怎麼能下得了手？據說把屋子都拆了，真是不知作了什麼孽，好端端的屋子也惹著他了嗎？」

鄭妃自然是淚眼婆娑，泣訴道：「姐姐不要再說了，我只是個苦命人，原以爲進了宮，多少能讓娘家人不受欺負，誰知撞到這麼個喪門星。」

德妃牙尖嘴利，冷笑道：「沒有人給他撐腰，難道平西王有天大的膽子敢打到鄭國公的府上去嗎？依我看，這宮裡有人保他，他才這樣肆無忌憚。」

鄭妃收不住淚，只是道：「怪只怪我命苦……」

德妃笑道：「不是我這妹妹命苦，只怕是有心人慫恿才是。妹妹想想看，那平西王身後是誰？他是賢妃的外侄，是淑妃的女婿，這關係還不是擺明了嗎？沒有她們撐腰，平西王敢做出這麼大的事嗎？依我看，妹妹你是無妄之災，平日裡陛下都往你這兒來，有人瞧著，心裡滋生了嫉恨呢。都說咱們是母儀天下的高貴人，可還是女人不是？她們這是嫉恨上妹妹了，妹妹可要小心。」

話說到這個份上，任誰也知道德妃的居心了，鄭妃又豈會不知？只略略一想，便道：「這些話可莫要讓人知道，省得讓我這做妹妹的，將來更不知如何做人。」

德妃的眼眸往四壁掃了掃，目光落在一個燈架上，這燈架是用緋玉雕刻而成，上頭的燈點起來後，整個玉架就像是染上了一層光暈一樣。

這燈架，德妃自然知道，從前是陛下的喜愛之物，後來賜給了鄭妃。德妃看著，眼眸不禁露出羨慕之色，又感到幾分酸楚，她已年老色衰，這輩子是別再想邀寵了。

德妃繼續道：「人都欺負到了頭上，泥菩薩都有三分的火氣，妹妹還顧慮什麼？那賢妃和淑妃自以為是四夫人，地位崇高，其實也算不得什麼，她們再有能耐，能俘獲陛下嗎？可莫要忘了，陛下一向是最愛來這裡的。有些話，本來我這做姐姐的不該說，今日卻非說不可，你既然隔三差五能見到陛下，只消多說些話，就可讓她們二人倒楣，說到底，還是你太老實了一些，可不是我這做姐姐的挑撥是非……」

鄭妃連忙道：「這是哪裡話，姐姐也是爲了我好。」含淚嫣然一笑，既有幾分辛酸，又帶著幾分討好。

德妃見了她的模樣，心裡更是羨慕，難怪陛下三天兩頭往這裡跑；心裡又不禁唏噓，若是早個七八年，自家的姿色又豈會比她差了？心裡不禁幽幽一嘆，正待繼續說話，這時外頭傳出敬德的聲音：

「太后有話要和鄭妃說。」

「呀……」德妃一下變得手足無措，想要退避，敬德已經上了樓，此時又往哪裡避去？

鄭妃起身道：「走，姐姐隨我一起去接懿旨吧。」

正在這個功夫，面無表情的敬德已經進來，淡淡地看了鄭妃一眼，目光落在德妃身上，乾笑道：「德貴人也在？」

德妃臉上又青又白，尷尬地道：「公公在這寒冬臘月也有職事？」

敬德點了點頭道：「太后有句話要咱家來向鄭妃說明白。」

鄭妃福了福身道：「敬德公公請說。」

敬德扯著嗓子面無表情地道：「太后說：後宮不得干政，外戚不得枉法。」說完，隨即朝鄭妃躬身道：「鄭貴人可聽清了嗎？」

鄭妃的臉色變得煞白，咬著唇低語道：「聽清了。」

「聽清了就好，嘿嘿……」敬德乾笑著道：「自古以來，多少人在這句話上栽了跟頭，鄭妃一向知書達理，想必也明白這話兒的分量。太后她老人家就怕有人不知輕重，又去重蹈覆轍，到時候大家臉面上都不好看，所以叫奴才來提醒幾句。」

鄭妃的臉色變得鐵青，哪裡還有平日那可人的模樣？她回過神來，低聲道：「太后所言，我一定銘記在心，往後還有不懂事的地方，望太后能時常教誨。這一次勞敬德公公特地跑一趟，實在慚愧得緊，這裡有一塊玉佩，是我入宮時帶來的嫁妝……」

她旋身走向梳粧檯，拿起一塊玉佩，銅鏡恰好照在她的臉上，鏡裡的那個鄭妃面容甚是冷冽，等她旋過身時，俏臉又換上了一副嫣然笑容，將玉佩往敬德手裡邊塞邊道：「如今越看越是不喜歡了，這塊玉佩索性賞給敬德公公吧。」

敬德倒是不客氣，輕車熟路地捏了玉佩往袖裡一收，嘻嘻笑道：「謝鄭貴人打賞。」

鄭妃端莊得體地道：「這是哪裡話？敬德公公在宮中干係最大，沒有敬德公公，太后誰來伺候？所以太后長命百歲，敬德公公就有天大的功勞。」

「太后還在等著奴才回話，鄭貴人，告辭了。」敬德揚了揚拂塵，旋身便走。

德妃眼眸陰晴不定，整個人更覺得尷尬。

鄭妃嫣然一笑，對她道：「姐姐再坐一會兒嗎？」

眼看鄭妃要來挽她的手，德妃卻是連退兩步，像是鄭妃染了天花不能靠近一樣，乾笑道：「我突然想起來，還有些事要做，這就走了，妹妹不必送。」

她不禁吁了口氣，心裡暗道，早知道是這樣，便不來這瘟疫一樣的地方，原來這鄭妃得罪的不是賢妃和淑妃，竟是太后。她不禁擔心，方才敬德瞧見了自己在鄭妃這兒，回去覆命的時候會不會說什麼話？這可大大不妙了，心中惴惴不安，整個人失魂落魄，快步地走了。

鄭妃還留在閣樓裡，跪在她腳下的，是兩個內侍和一個嬤嬤。這三人跪在地上，頭都不敢抬，伺候這鄭貴人久了，誰不知道鄭妃生氣的時候是萬萬不能觸怒的？

鄭妃咬著唇，整個人變得冷漠到了極點，雙手挽在前胸，慢吞吞地來回踱步，突然問：「你們在外頭都說了什麼？」

「回貴人的話，什麼都沒說，就是……就是替貴人娘娘喊了幾句冤……」那老嬤嬤最先說話，不禁畏懼地看了鄭妃一眼，又將頭重重垂下。

鄭妃淡淡地道：「從今往後什麼也不能說，連冤都不許喊。還有，明日再備一份禮物送到後宮去，劉喜……罷了，還是我親自去送。」

鄭妃款款地坐在凳上，欠著身，雙眸幽深，繼續道：「劉喜，你立即去文景閣，告訴陛下，鄭家的事，是我那不肖的堂弟自己不爭氣，是鄭家有錯在先，我身為陛下的妃子，蒙受聖恩，更不能維護自己的娘家人，還請陛下明斷是非，切莫與平西王為難。平西王有大功於朝，是我大宋不可多得的人才，更是陛下的左膀右臂，鄭家欠了他的錢，也是鄭家該死，和他沒有干係。」

劉喜驚愕地看了鄭妃一眼，不知鄭妃說的到底是氣話還是真有吩咐，跪在地上動也不敢動。

鄭妃雙眉一蹙，道：「還愣著做什麼，快去，再不去就要遲了。」

劉喜頷首點頭，連滾帶爬著去了。

鄭妃淒涼一笑，整個人變得幽怨無比，輕輕地咬了咬唇繼續道：

「王嬤嬤，也辛苦你一趟，到我的箱裡挑幾樣好看的首飾，送到賢妃和淑妃那兒去，就和她們說，平時咱們姐妹並不時常走動，多有怠慢之處，還請姐姐們體諒，過幾日我這做妹妹的自會去看她們。」

王嬤嬤不敢說什麼，應承一聲快步去了。

閣樓裡，只剩下鄭妃和跪在地上的一個內侍，鄭妃的臉色霎時變得可怖起來，冷冷地道：「是哪個人在太后跟前挑撥是非？怎麼太后突然臨門插了一腳，你說！」

跪在地上的內侍面無表情道：「奴才不知道。」

鄭妃回眸獰笑道：「你每個月收了我鄭家這麼多錢，你的侄兒若不是靠我們鄭家，哪裡能做懷州的生意？現在用你的時候到了。給我去查，看看是誰在胡言亂語?!還有一件事，你尋個機會出宮一趟，告訴我爹，叫他暫時先不要急著動手，宮裡有了變數，先忍一忍，看看再說。」

跪在地上的內侍頷首點頭道：「奴才知道了，這就去辦，娘娘寬心便是。」

# 第一一五章 豪門鬥富

楊戩呵呵笑道：

「大富之家，鬥富是常有的事，二十五萬貫別人不敢買一隻雞，鄭家去買也不算什麼聳人聽聞的事。奴才還聽說，鄭家還拿數斗珍珠粉去餵豬呢。」

這番話在趙佶聽來，簡直驚詫無比。

文景閣裡仍是溫暖如春，趙佶緩緩的喝了口熱茶，溫熱的武夷茶流入心脾，整個人都變得精神起來。他不禁說道：

「這麼說起來，是那鄭爽買了沈傲的雞卻不付賬，沈傲去討賬惹來的衝突？」

楊戩已經將事情的原委說了個一清二楚，笑吟吟的道：

「正是，欠債不還，挨了打也是應當的。這欠賬雖然並不算觸犯刑律，可是討賬的人要把錢要回來，總要用一些過激的手段。」

趙佶不禁皺起眉：「鄭家原來這麼有錢，二十五萬貫買一隻雞，便是朕也未必有這氣量拿出來。」

從前的花石綱，雖然窮奢極欲，可是下頭的人都是瞞報，說是萬民對陛下感恩戴德，是以將傳家寶獻上。真要叫趙佶拿錢去買，依著趙佶的性子當然不肯。

說到底，不管在誰眼裡，二十五萬貫都不是小數目，拿去買一隻雞，簡直就是無稽之談，可是偏偏這種事居然發生了，而且還鬧出這麼大的風波。若不是趙佶對楊戩信任有加，也未必會相信他的言辭，這件事實在太匪夷所思，簡直是超出常理。

楊戩呵呵笑道：「大富之家，鬥富是常有的事，更何況鄭家一向闊綽，平時吃飯，都是鄭家兩個老爺二人擺一桌，總共是四十八個熱菜，往往一個菜夾一口也就撤掉餵豬去了。二十五萬貫別人不敢買一隻雞，鄭家去買也不算什麼聳人聽聞的事。奴才還聽說，鄭家還拿數斗珍珠粉去餵豬呢。」

這番話在趙佶聽來，簡直驚詫無比，數斗珍珠粉價值萬貫以上，直接拿去餵豬，真真是糟蹋了。

「看來這鄭家當真是富可敵國，朕居然是第一次聽說。」

趙佶眼中掠過一絲不喜，富可敵國倒也沒什麼，鄭家畢竟是外戚，他趙佶當然不會嫉恨這個，比如沈傲，如今也是富可敵國，可是沈傲不同，沈傲還知道把錢搬到宮裡來，這叫忠心，鄭家卻是悶聲發大財，一個子兒都不吐出來，自己藏著掖著；全天下都知道他家富有，偏偏就瞞著宮裡。他和鄭妃朝夕相處，也沒聽鄭妃說過什麼。

這讓趙佶心中滿不是滋味，往年他還怕鄭妃的家人生活清苦，每年封賞的時候都多封一份，以示天家對鄭家的寵幸。誰知道這點封賞在鄭家看來，居然連一隻雞爪都算不上，實在教人難堪的很。

趙佶淡淡道：「欠債還錢，天經地義。這話沒有錯，看來這件事朕還是不過問的好；鄭家家大業大，既然肯買這隻雞，當然要給錢。」

楊戩頷首點頭，笑道：「賴賬不還的人挨了打也是活該，奴才這話是不是冒昧了？」

趙佶冷著臉道：「寧願拿珍珠粉去餵豬，卻還賴賬不還，挨了打確實是活該。可是……」

趙佶覺得還是應該給沈傲一個教訓，不管如何，鄭家也是外戚，帶著人衝過去喊打喊殺，這像什麼話！他道：「可是沈傲事後還叫人去砸人店舖，就實在有些過分了。擬一份中旨，給朕好好罵一罵。」

楊戩心裡想，都不知道罵了多少次了，也沒見他改，這陛下好像樂此不疲一樣，應了一聲：「陛下聖明。」

趙佶又叫住他，若有所思的道：「這鄭家為什麼這麼有錢？」

楊戩沉默了一下道：「回稟陛下，鄭家的生意遍佈江北，乃是江北首富，他家的家財，據說有四億貫上下。當然，這只是坊間的流言，具體多少誰也不知道，只知道鄭家名下的夥計遍佈天下，足足有數萬人之多。」

「這麼多……」趙佶不禁愕然，朝廷養這麼多兵馬，已經千難萬難，想不到一個鄭家，就能養起數萬的夥計。夥計畢竟和大頭兵不同，不能養家糊口，誰肯賣力？而大宋的軍馬大多數還是廂軍，廂軍算是服徭役，只提供飯食，是不計軍餉的，這筆賬略略一算，就足夠趙佶咂舌了。

正在這時候，外頭有個小內侍進來，道：「陛下，鄭妃的隨侍內侍劉喜求見。」

趙佶端起茶喝了一口，慢吞吞的道：「他不陪著鄭妃，跑來這裡做什麼？」

「說是代鄭妃傳一句話的。」

趙佶顯得有些頭痛，方才他確實答應過鄭妃，要教訓一下沈傲，可是聽了楊戩的話，卻又犯了難，沈傲確實無錯，討賬是天公地道的事，偶爾起了衝突也情有可原，可是這時候鄭妃來催問，豈不是教他有點不好交代。

「叫他進來吧。」趙佶的語氣中有些氣短。

過不多時，那叫劉喜的內侍進來，朝趙佶行了個禮，道：「見過陛下。」

「不必多禮，平身。鄭妃叫你來做什麼？」

「陛下，鄭妃娘娘說，鄭家的事，是娘娘那不肖的堂弟自己不爭氣，是鄭家有錯在先，娘娘身爲陛下的妃子，蒙受聖恩，更不能維護自己的娘家人，還請陛下明斷是非，切莫與平西王爲難。平西王有大功於朝，是我大宋不可多得的人才，更是陛下的左膀右臂，鄭家欠了他的錢，是鄭家該死，和平西王沒有干係。」

趙佶愕然：「這是鄭妃說的話？」

劉喜道：「陛下，娘娘一開始是氣昏了頭，慫恿了陛下許多話，後來知道了事情原委，便覺得委屈了平西王，因此特地叫奴才來給陛下傳話，請陛下切莫責怪平西王，要怪，只怪鄭家家門不幸，出了鄭爽這樣的侄兒。奴才還聽說，國丈爺已經將鄭爽趕出了家門，從此之後，和他再沒有任何干係，鄭家往後記住了這個教訓，一定齊家正身，再不會出這樣的事了。」

趙佶不禁笑起來：「哈哈……這是嬪妃的榜樣，鄭妃還是有德的。」

他顯得心情大好，對楊戩道：「既然如此，這件事就此作罷吧，告訴沈傲那小子，以後大家以和為貴，誰也不許再鬧事了。」

楊戩眼眸中閃過一絲詫異，他實在想不通，鄭妃為何突然變了一個口吻；按常理，這鄭妃的性子是斷不會如此的，莫非是出了什麼變故。

不過隨即一想，鄭妃這步棋倒也走得精妙，先是氣勢洶洶，造出風雨欲來的氣勢，教大家知道，鄭家並不好欺負，連陛下都站在他們一邊。結果又出來討乖賣好，讓趙佶認為他們並非是不可理喻之人，如此一來，別人只會說鄭家高抬貴手，放過了平西王，誰會知道趙佶本就不想對平西王苛責？

楊戩只是短暫的失神，很快就清醒過來，淡淡的道：「奴才一定將陛下的話轉告平西王。」

那劉喜退了下去，趙佶還忍不住道：

「沈傲這個傢伙，是不是後日要去太原？朕估摸著他明日會進宮一趟，到時候朕再說他幾句，鄭妃畢竟是女人，按道理也比他高了一輩，他這樣做，確實是教鄭妃為難了。好啦，既是皆大歡喜，這件事也就算了。」

這時，又有個內侍進來，道：「陛下，平西王求見。」

趙佶看了看天色，天色已不早，哪有這時候覲見的，不由道：

「讓他進來，朕看看他想說什麼。」

從正德門到文景閣一路筆直的中軸線上，青石磚鋪就的御道上，殘雪已經清掃乾淨，地面上還有些濕漉漉的，紅色的宮牆遮擋住了冷冽的寒風，唯有向遠處眺望，可以看到殿宇的金琉璃瓦片上依稀殘存著積雪。

沈傲穿著蟒袍，胳膊下還夾著一支繡了荷花的油傘，信步穿過筆直的御道，到了一處漢白玉的小橋時，沈傲不由駐足看著橋下的溪水，溪水已經結成了冰霜，再看不到那水紋蕩漾的溪流，沈傲興致大減，晃著腦袋道：

「不知這溪流裡的魚兒是不是凍死了？可惜，可惜，肥魚我所好也。」

正說著，楊戩已迎面過來，氣急敗壞的道：「方才陛下聽了通報，說是你要覲見，誰知等了許久也未見你過去，差我來催促，你怎麼還在這裡東張西望？」

沈傲淡淡笑道：「不急，不急。」

楊戩呆了一下：「不急什麼？」

「不急著去見陛下，良辰美景，當然要多走走多看看。有句話說得好：岑壑景色佳，慰我遠遊心。」

楊戩不禁搖頭，「這裡沒有岑壑，卻有陛下；叫陛下等得急了，到時少不得要挑你的錯處。」

到了文景閣，楊戩急急拉著沈傲進去，沈傲看到趙佶，訕訕一笑：「陛下久候。」

趙佶足足喝了兩杯熱茶，才將這傢伙等來，心裡頗有幾分不悅，沉著臉道：「進了宮，卻姍姍來遲，當罰！將你腋下的油傘留下。」

沈傲卻是嘻嘻一笑：「陛下喜歡，拿去便是。」

趙佶氣不打一處來，道：「你還有心思笑？朕聽說你把鄭國公的府邸都砸了，你身爲朝廷重臣，天家宗親，成什麼體統，當自己是街上的潑皮嗎？再者說，鄭家好歹是鄭妃的娘家，不看僧面看佛面，鄭妃是你的長輩，你這是侄子該做的事嗎？」

沈傲淡淡笑道：「陛下，砸鄭府雖然有洩憤之嫌，可是微臣這麼做，卻都是爲了陛下。」

趙佶不禁好笑：「原來是朕叫你砸鄭府的？」

沈傲正色道：「陛下可知微臣爲何姍姍來遲？」

趙佶見他難得正經一回，不禁好奇道：「朕倒要聽你的解釋。」

沈傲徐徐道：「微臣當時帶了人去，只不過是想把賬討回來，陛下也知道，微臣養一隻雞不容易，這雞在微臣心中，簡直就是微臣的良師益友，每日清晨，都是牠打鳴叫微臣起來，微臣得以聞雞起舞，讀書作畫，修身齊家……」

一隻雞居然可以被沈傲說成這個高度，趙佶的臉部肌肉已經抽搐了。

沈傲繼續道：「這麼好的雞，若不是微臣急需用錢，也不會賣給那鄭爽。可是鄭爽拿了雞，卻自以爲是外戚，竟然欺負到微臣頭上，以爲微臣不敢聲張，不敢討賬。陛下若是遇到了這種人會怎麼辦？」

趙佶不禁道：「你繼續說。」

他的心思再明白不過，若換做是他，只怕也要打上門去，只不過這句話不好說出來而已。

沈傲嘆了口氣，道：「微臣原本只是想去尋那鄭爽算賬，誰知到了那裡卻改變了主意。」

「這是爲什麼？」趙佶捧著茶，被沈傲欲言又止的話吸引，竟是吹了茶沫忘了喝。

沈傲道：「因爲微臣看到的，只有窮奢極欲四個字來形容。鄭家的宅子實在太奢華，所以微臣忍不住就想砸一砸。」

趙佶臉色冷下來，怒道：「這是什麼理由？」

沈傲非但不膽怯，反而理直氣壯的朗聲道：

「當然是理由，非但是理由，還是天下最大的道理。鄭家不過是個外戚，至多也不過是個國公而已，這樣的家世，府邸竟是比宮城更加華美，比晉王府更加堂皇。微臣來時，特意沿途仔細打量了宮城，才知道，原來宮城與鄭府相比，竟是多有不如。一個小小的國公，錦衣玉食、奢靡無度倒也罷了，居然府邸可以與皇宮內苑相比！微臣身為陛下最最忠心的臣子，當然是義憤填膺，因此改變主意，先將那鄭爽打一頓，再把他的府邸砸了，教他知道，一個國公就應當老實本分，不要逾越了自己的身分。」

沈傲一副苦口婆心的樣子道：「其實，微臣也是為了鄭家好，身為臣子，不該享用的自然不能享用，不該覬覦的也決不能覬覦，鄭妃在宮中陪侍陛下，鄭家與有榮焉，做了外戚，就更應該小心翼翼，如履薄冰。」

趙佶聽了不禁目瞪口呆，這一番道理，說得實在冠冕堂皇，若不是他知道這傢伙滿肚子壞水，說不準還要請他去太學好好宣講這個道理。

沈傲又道：「陛下，今日微臣若是不砸了鄭家，早晚有一日，鄭家若是再出幾個不肖的侄子，豈不是要做出更出格的事？一個鄭爽就敢欺負到親王頭上，將來再出一個鄭狗、鄭貓，就敢騎在陛下頭上了。須知錢財蝕人心，鄭家的錢太多，身為臣子，應當體恤陛下治國的辛苦，體恤太原流民百姓衣不蔽體的艱辛，與其拿這些錢來起高樓，倒不如廣施千金，做一些為陛下分憂、濟世安民的正業。」

這句話，倒是說到趙佶的心坎上，太原地崩，趙佶心急如焚，可是他這人一向小氣，國庫的錢不夠賑災，外朝早有人將腦筋打到內廷的頭上，大家都指望著皇帝撥出點錢來，把賑災的事維持下去。沈傲這麼一提醒，讓趙佶也忍不住想，這鄭家富可敵國，做臣子的留這麼多錢做什麼，爲什麼不給朕分憂解難?!

趙佶頷首道：「對，想不到你居然能說出這份道理，朕心甚慰。朕現在回想起來，你這一砸，倒是砸得好，朕有賞！」

趙佶露出如老狐狸一樣的笑容，呵呵笑道：「你要什麼賞賜？」

沈傲正色道：「微臣這一次賑災，所需七千萬貫銀錢，用以購買糧食、布匹，以及建設新舍之用，好教太原府十萬流民能夠再造生業。陛下若是要給賞，不如撥出五千萬貫來，拿去給微臣賑災。」

趙佶臉色一變，七千萬貫這麼多……就是戶部，也只要三千萬貫而已，虧這傢伙說得出口。他不禁道：「哪需要這麼多？」

沈傲道：「戶部結算三千萬，是只做救濟之用而已。如今眼看就要入冬，百姓衣不蔽體，身無立錐之地，太原又地處北方，所以不建出新舍來，只怕就是撥付了錢糧，也要教他們凍死，因此微臣多要的錢糧，是用來給百姓建立屋舍，重建家園的。」

趙佶不禁點頭，單純施放粥米若是在數月之前倒也罷了，眼下天寒地凍，單靠一日三餐又有什麼用，人畢竟不是草木，總要有個遮風避雨的地方；況且來年開春，總要提供一些耕牛、農具，總不能教朝廷年年賑下去。

趙佶為難的道：「府庫只怕支付不出這麼多錢糧來，就是戶部擬定的三千萬貫，如今還沒有著落，哪裡還能拿出七千萬貫來？」

沈傲笑嘻嘻地道：「微臣聽說，內庫的錢糧堆積如山。」

聽了沈傲的話，趙佶的臉上已經不好看了。他心情不好的時候，總是忍不住去喝茶，所以他的手抱住了茶盞，茶盞裡的茶水已經涼了，卻不自覺地喝了一口，眉頭皺了皺，忍不住道：

「新茶！」

這是龍顏大怒的徵兆，楊戩如何不省得？立即朝一個小內侍使了個眼色，那小內侍立即返身去不遠處的茶房端了杯新茶過來。

趙佶輕輕吹了一口氣，才小心地喝了一口，看了沈傲半晌，才緩緩地道：

「七千萬貫，未免也太多了些，朝廷這幾年開支大得很，馬上又要到太后的壽辰，內廷也很是緊缺。楊戩。楊戩……」

說著，看向楊戩，楊戩立即道：「奴才在……」

趙佶慢悠悠地道：「內庫一向是你管的，方才朕的話說得對不對？」

楊戩哪裡敢說內庫裡的錢早已堆積如山了？躬身道：

「陛下說得不錯，內庫緊缺，到處都是伸手要錢，哪裡還能夠拿出這麼多餘錢來……再者說了，平西王是不當家不知柴米貴，這宮裡都快……快揭不開鍋了……」

臨末了，楊戩還擠出幾分很為難的樣子攤了攤手，這意思他代趙佶說了：要錢沒有，要命一條，你要不要？

好無恥……沈傲心裡大是腹誹，卻是淡淡笑道：「陛下實在讓微臣為難了，總不能既要馬兒跑，又要馬兒不吃草吧？巧婦尚且難為無米之炊，更何況是賑濟災民這般大的事？陛下還是以國事為重的好。」

趙佶其實也覺得過意不去，只好道：「支用個三千萬貫或許還不成問題，再多，就真沒有了。」

趙佶看了沈傲一眼，慢悠悠的繼續道：「沈傲啊，朕知道你的能耐，除了錢，其他的事都好說。」

沈傲不由苦笑，眼下就是要錢，其他的再說有個什麼用？這皇帝果然是秉性不移，居然小氣到這個程度，他淡淡一笑，道：「這是陛下說的？」

趙佶正色道：「君無戲言，朕既然說了，自然都依你。」

沈傲笑道：「那麼，不如請陛下賜微臣一百隻雞如何？」

「又是雞……」趙佶如今聽到雞字，眼皮兒就忍不住猛跳，總感覺又有禍事臨頭，乾笑一聲道：「你要雞做什麼？」

「賑災！」沈傲笑嘻嘻地道。

趙佶微微一愣，一百隻雞，煲了雞湯也不夠災民吃一頓的，拿這個賑災鬼才相信，不過既然不是要七千萬貫，而是一百隻雞，這就完全不同了。

趙佶對這個還是很捨得的，道：「好，朕便賜你三百隻雞，如何？」

沈傲誠惶誠恐地道：「啊呀……陛下實在太客氣了，天下有陛下這樣愛民而不愛雞的皇上，真是萬民的福氣。」

趙佶聽了，卻感覺有點兒刺耳，愛民不愛雞？這傢伙莫非是在諷刺他？不過，一想到保住了七千萬貫，趙佶的心情還算不錯，也不再深究，笑呵呵地道：

「原本呢，估摸著安寧這時候也該臨盆了，只是左右總是不見生出來，既然災情如火，朕也不好攔著。你去了太原，務必要盡心盡力，太原流民十數萬，弄個不好，就會滋生事端，到時朕只好拿你是問了。」

沈傲正色道：「微臣知道了。」

趙佶繼續道：「既然你要徹查祈國公之事，朕也依了你，罷罷罷，不說這個……」

說到祈國公，趙佶略帶幾分愧色，道：「總而言之，太原就拜託給卿家，若是處置得當，朕一定重重有賞。」

沈傲又道了一聲遵旨，才由文景閣退出來，心裡不由苦笑，趕著三百隻雞去賑災，這也算是前無古人後無來者了吧？

徑直入了後宮，先去見了安寧。安寧臨盆在即，聽到沈傲要走，倒是什麼都沒說。沈傲知道她表面不說，心裡卻不好受，不由拉住她的手道：

「這樣冷的天氣，這裡卻是溫暖如春，可是，如今在太原有十幾萬人還衣不蔽體、食不果腹，若是我再去遲一步，不知要死多少人。你看，我們的孩子就要出世了，我這做爹的沒什麼可送他的，這趟去，就多積積陰德，到時菩薩肯定保佑我們一家人平平安安，孩子出世之後身體健康。」

安寧不由撲哧一笑，道：「不必和我說這些大道理，這些我當然知道，只是在宮裡悶得很，真想回我們的家去。」

我們兩個字，如在寒冬裡生出了一點暖意，沈傲笑呵呵地道：「能省一點是一點，反正你父皇叫你來住，這點便宜我們還是要占的。」他壓低聲音道：「你父皇有的是錢，能摳一點是一點。」

安寧嗔怒道：「胡說八道，天家的錢不就是天下的錢？這些都很有用的。」

沈傲賊眉鼠眼地道：「這裡頭還有外庫和內庫之分，我說的是內庫。」他掰著指頭道：「其實我早就算好了，這兩年內庫進賬大致在十五億貫上下，都是抄家得來的，這些錢就算揮霍無度，至少還有十億貫躺在那裡，天下最富的莫過於你父皇了，我們沈家也要努力，所以你儘管在宮裡長住，多吃他們一分，沈家就多賺一分，這一進一出，早晚能把他們比下去。」

安寧見他一臉認真，不禁道：「你心思爲什麼這麼壞？」

沈傲摸了摸鼻子道：「讀書人講究的是齊家治國，勤儉持家有什麼錯？」

安寧不禁笑道：「你這叫斂財，不叫持家。」

二人說著話，身後突然有人道：「斂財本就是持家，持家就是斂財，這有什麼錯？」

沈傲和安寧不禁嚇了一跳，這時見太后含笑過來，沈傲見她的態度，心裡不禁發虛，心想，前半截的話她要是聽見，今日怕是要脫一層皮了；阿彌陀佛，幸好她只聽到「勤儉持家」四個字。

安寧臉上生出一抹嫣紅，款款朝太后行禮。

太后讓安寧躺在榻上，板著臉道：「掐指算算，這些時日就要臨盆了，你還站起來和他打鬧？真真是小孩兒一樣。」說罷，轉臉對沈傲道：「平時不見你來探視，來了卻是這樣，這時候說勤儉持家做什麼？該撿些好聽的話說才是。」

沈傲乖乖地道：「是，是，太后說得實在太對了，這番話叫我幡然悔悟。」
太后朝沈傲努了努嘴道：「你隨哀家出來說話。」
沈傲不願意挪步，笑嘻嘻地道：「有什麼話不能在安寧面前說？」
太后板著臉道：「哀家有正經事要問你。」
太后說的正經事，八成就是晉王的事了，沈傲只好道：「好，這就來。」
隨太后出了安寧所住的小樓，到了一處小亭，太后眼眸落在不遠處的梅林上，輕輕道：「哀家有件事要你辦。」
沈傲道：「請太后吩咐。」
太后慢悠悠地道：「鄭家近來有什麼動靜？」
沈傲搖頭道：「回太后，微臣不知道。」
太后淡淡道：「仔細盯著，這鄭妃由哀家來處理，其餘的事就交給你了。」
沈傲想不到太后心裡竟藏著這個心思，一時居然想不透，若說太后對鄭家有嫌惡，但也不至於如此才是；畢竟厭惡歸厭惡，總不能因爲厭惡就將其剷除？
太后回眸笑道：「怎麼，想不通？」
「微臣實在不太明白。」
太后坐在涼亭裡，慢悠悠地道：「哀家年紀大了，不知什麼時候就要駕鶴西去。」

她看著沈傲欲言又止，冷著臉道：「你不必說什麼壽比南山的話，哀家沒有蠢到認爲自己能和日月同輝。哀家最不放心的人，想必你也知道。」

「晉王？」

「正是，晉王爲人糊塗，做事不顧後果，哀家在一天，倒也沒有什麼；可若是有朝一日哀家不在了呢？陛下寵幸鄭妃，這是後宮人所共知的事，哀家在，鄭妃當然不能如何。如今晉王又得罪了鄭家，待哀家一走，以晉王那渾渾噩噩的性子，將來會是什麼樣子，是誰都不能預料的事。」頓了一下，太后笑吟吟地看著沈傲，道：「這些話，想必平西王比誰都清楚吧？」

沈傲略略想了想，立即就明白，晉王這傢伙的未來確實和自己綁在一起了，雖是皇帝的胞弟，可若是皇帝的身邊天天有個人吹枕頭風，再加上晉王一向行爲不檢，到時天威難測，誰知道結果如何？

沈傲笑道：「明白了，宮外的歸我，內苑的歸太后，不過，請太后娘娘幫個小忙。」

太后笑道：「你說就是。」

# 第一一六章 神雞妙算

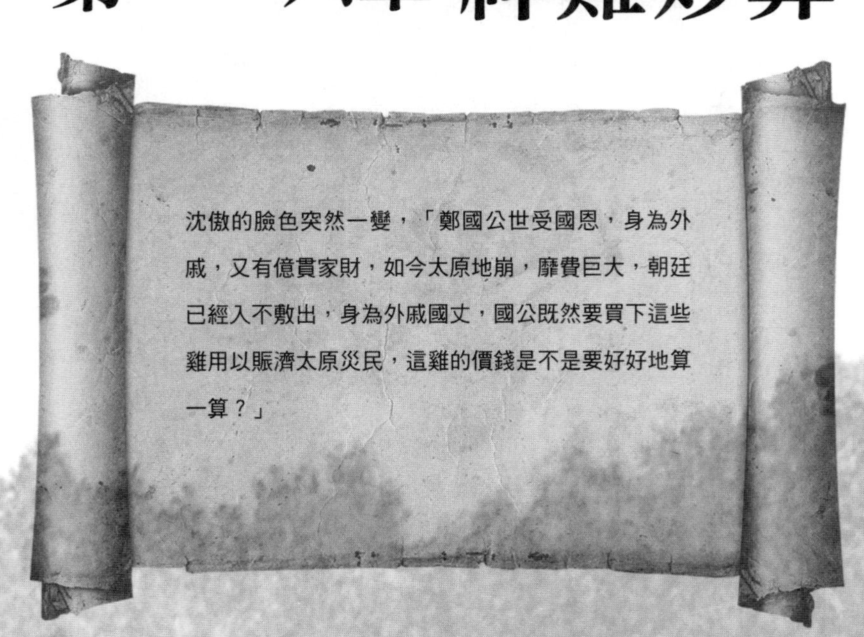

沈傲的臉色突然一變，「鄭國公世受國恩，身為外戚，又有億貫家財，如今太原地崩，靡費巨大，朝廷已經入不敷出，身為外戚國丈，國公既然要買下這些雞用以賑濟太原災民，這雞的價錢是不是要好好地算一算？」

沈傲呵呵笑道：「太后能不能賜幾百隻雞給我？」

「又是雞……」太后不禁愕然了一下，一雙眸子打量著沈傲，道：「你在打什麼主意？」

沈傲笑呵呵地道：「勤儉持家。」

太后微微笑道：「這個由你，哀家明日就叫人送去。」

沈傲喜形於色，莊重無比地道：「謝太后賜雞！」

太后方才還是冷若寒霜，這時候反而笑了起來，道：「有筆賬，哀家還沒和你算。晉王去和鄭家公子鬥富，是不是你早已安排好的？」

沈傲抿了抿嘴，笑道：「太后要聽真話還是假話？」

太后挑了挑眉道：「假話怎麼說？」

沈傲笑呵呵地道：「微臣神機妙算，算無遺策，運籌帷幄，決勝千里之外，這一切都是微臣安排的。」

太后又問：「那真話呢？」

沈傲挺直腰桿，理直氣壯地道：「沒有的事，我用一百隻雞做擔保，絕對沒有！就是打我、罵我，糟蹋了我，我也絕不承認。」

這種事當然不能承認，好人不長命，沈傲自認不算什麼禍害，卻也絕不是什麼好人。

太后淡淡道：「好吧，哀家信你一回。」又道：「去太原，多帶幾件衣衫，莫要凍著了，你再去看看安寧吧，馬上就要走了，今夜乾脆就在宮裡住下算了。」

沈傲訕訕地道：「這不太好吧？」

太后呵呵一笑道：「你也有知道不好的時候？」

沈傲抿了抿嘴，心裡想，那就太好了。

一處單獨的院落裡，大雪壓彎了院裡的一棵槐樹，雖是有人刻意地將這裡修葺了一番，可是仍然難以掩飾住破敗。

這宅子想必是閒置太久，以至於新主人搬來，還帶著幾分的蕭索。庭院裡已有不少人忙活開來，或清掃天井邊的積雪，或是將那斷枝伐倒，還有幾個端茶送水的小婢穿梭其間。

廳裡燃起了燈，幾個華服之人分賓而坐，坐在最首的是鄭克。

鄭克慢悠悠地捧著熱茶，冷若寒霜地道：「暫時就住在這裡，不要有什麼怨氣，下頭的人也要管緊一些，在這個風口浪尖上，不要惹出什麼差錯。其他的事，暫時都不要理會，眼下最緊要的不是汴京，是太原；太原出了事，就是天大的事。汴京再如何鬧，也傷不了什麼大雅。」

鄭克的目光落在鄭富身上，淡淡問道：「二弟，太原你還去不去？」

鄭富一臉頹喪，整個人消瘦了一圈，眼袋漆黑，顯然是昨夜沒有睡好，他喝了口茶，卻還是沒有提起精神，道：「兄長，就真的不救爽兒嗎？他只是個孩子，就算有錯，怎麼說……」

他嘆了口氣，本想說自己只有這一根獨苗，最終還是咽進了肚子，唏噓地道：「怎麼說也是我們鄭家的人，眼睜睜地看著他落到姓沈的手裡，若是再冷眼旁觀，只怕爽兒他……他……」

他鼓足了勇氣，幾乎是帶著哭腔道：「錢沒了，還可以再掙，可是人沒了，就什麼都沒了啊；兄長，我這麼大把年紀，只有這一個兒子，難道真要眼睜睜地看著他跌入火坑嗎？」

鄭富沮喪到了極點，再沒有任何氣魄可言，渴求地看著鄭克，巴巴地等待答覆。

鄭克吞了口茶，淡淡道：「你當真以爲是錢的事嗎？若是錢的事就好辦了，兩千五百萬貫，要籌也不是籌不出來，可是你當鄭爽得罪的只是一個沈傲嗎？留著他，我們鄭家就完了。」

鄭克舔了舔乾癟的嘴唇，慢悠悠地道：「二弟既然身體不適，就在汴京好好地歇養，太原還是老夫親自去，沈傲要咱們的腦袋，鄭家不能坐以待斃，既然到了你死我活的地步，就該全力以赴。」

這句話自然對鄭富說的，指望他打起精神來，可惜鄭富卻是充耳不聞，整個人癡癡呆呆地不知在想些什麼。

鄭克嘆了口氣，捋著花白的稀鬚道：「罷罷罷，二弟還是去歇了吧，汴京的事，多問問李門下，有他鎮著，總不會出什麼差錯。」又道：「來人，去打點行裝，老夫今日就走。」

一個老主事不禁道：「這麼快？」

鄭克淡淡道：「宜早不宜遲，早些去準備才好。」

正在這時，一個年輕的主事匆匆過來，道：「老爺，不好了。」

鄭克的眉宇微微皺起，鄭家發生了這樣的事，現在他的心情已跌落到了谷底，這時候再聽到「不好了」三個字，不禁氣極敗壞地道：「又是什麼事？」

「老爺，有人趕了許多雞衝進府裡來叫賣！」

鄭克面色肅然道：「雞？又是雞！趕出去，都趕出去！」

那主事苦笑道：「不能趕！」

鄭克嘴唇哆嗦了一下，問道：「爲什麼？」

主事哭喪著臉道：「老爺去看了就明白了。」

「賣雞囉，賣雞囉……」周恆扯著喉嚨，放開大吼。

這府邸格局並不算大，所以周恆拿著竹竿，趕著數百隻雞突然出現，鄭家的門房還不知道怎麼回事時，數百隻雞便衝入了鄭家的新宅，他倚在門邊高聲大吼，立即引來不少路人的圍觀。

「這麼好的雞，若是拿去熬了湯，非但延年益壽，還滋陰補氣；若是養來供奉，那就越不得了了，沾了這雞的福氣，便能光宗耀祖，積攢陰德，尤其是那些平時造了孽的，更該買一隻回去。」

周恆吆喝的詞兒很是新鮮，立即惹來不少人哄笑，有人認得這位是祈國公的公子，不禁問道：「這是什麼雞，竟如此神奇？」

周恆撐著竹竿，笑呵呵地道：「這是神雞，當然與眾不同。」

鄭府已經有人圍攏過來，看到一隻隻雞從腳下溜過去，向府內四散而逃，接著傳出雞飛狗跳的響動，幾隻大狗瘋狂地追逐著雞，狗吠雞鳴，熱鬧極了。

鄭家的門房都認識周恆，這時不敢輕舉妄動，更不敢攆著雞走，只好任這些雞往裡頭橫衝直撞。

「你又來做什麼？」有人忍不住呵斥。

周恆笑呵呵地倚著門道：「我自賣我的雞，和你有什麼干係？」

門房怒道：「你把雞趕到我家府上來，爲什麼和我沒有干係？」

周恆道：「這雞想去哪裡誰管得住？」

正在牽扯不清的時候，鄭克負手帶著人過來，看到了周恆，拂袖冷笑道：「原來是祈國公家的公子，今日來這裡，又有什麼見教？」

鄭克看了一眼周恆的身後，沒有見到沈傲的蹤跡，不禁道：「平西王沒和你一起來？」

周恆笑呵呵道：「我是來賣雞的，和我表哥有什麼相干？這雞鄭老爺要買嗎？」

鄭克淡淡道：「不買，來人，把雞都趕出去。」

小廝們二話不說，各自捋了袖子，紛紛來趕雞，一時間又是一陣雞飛狗跳。天空飄落許多雞毛，伴隨著一股惡臭的雞屎味傳出來；更有一些雞與人廝鬥在一起，狼狽的樣子，惹來外頭的路人又是一陣哄笑。

鄭克最是要面子，心裡忍不住想，這姓沈的居然玩這等下三濫的把戲！這時不禁大怒，叫道：「快拿棍棒去趕！」

鄭家的家人會意，又各自去尋棍棒，見了雞便打，這一棍子抽下去，誰知道輕重？

一下子功夫，便有數十隻雞仆然倒地，雞群更加混亂。好在鄭家的人多，人手提著棍棒，不消片刻功夫，除了一地的雞屍之外，另外一群雞已經沒命地從中門逃出去，跑入街頭混入人群。

「不能打，不能打！」周恆捏著竹竿急道：「這雞不能打！」

看到周恆氣急敗壞的樣子，鄭克反而露出一種解恨的暢快，他爲人深沉，可是壓抑了這麼久，一股火氣沒處洩，今日一股腦全部吐了出來。

鄭克冷冷道：「這是你無禮在先，把雞趕到我鄭家來，打死了，也是你咎由自取。」

周恆怒道：「誰說咎由自取?這雞也是你們能打的嗎？」

鄭克淡淡道：「打了就打了，你能如何？來人……」

「在。」

「去，到賬房取一百貫錢給他，就當咱們鄭家把他的雞買下來了。」

「我這就去。」

「且慢！」周恆突然笑了笑，道：「一百貫?!你可知道我帶了多少隻雞來嗎？」

鄭克回道：「至多也不過五六百隻而已吧。」

對周恆，他倒是沒有太多的警惕，此人從前也是個紈褲子，即使入了武備學堂也不見得能有幾分精明，也唯有這樣的人才會幹現在這樣的蠢事。

周恆道：「總共是六百隻，六百隻雞，就只賠一百貫嗎？」

鄭克沒有耐心和他廝磨了，對身邊的人道：「拿五百貫給他。」說罷，拂袖要走。

「五百貫？」周恆跳起來怒道：「這點錢也想買我這六百隻雞？表哥……表哥……」

周恆大叫表哥，當真是聲嘶力竭，驚起無數覓食的麻雀。

這時，外頭的人頭攢動了一下，便看到沈傲打著馬，帶著數十個校尉過來，道：「叫你賣雞，你喳喳呼呼做什麼？」

周恆道：「表哥，雞被他們打死打跑了！」

沈傲大怒，翻身下馬，氣勢如虹地道：「誰？是誰敢殺本王的雞？真真是沒有王法了。」

沈傲跨進鄭府的別院，周恆指著鄭克道：「除了這個老東西還有誰？」

沈傲噢了一聲，看向鄭克道：「國公爺，我們又見面了。」

見到沈傲，鄭克突然有一種不太好的預感，冷哼一聲道：「平西王別來無恙？」

沈傲卻沒有和他寒暄的興致，道：「這雞，可是國公叫人驅走打死的嗎？」

鄭克道：「是。」

沈傲皮笑肉不笑地道：「國公爺痛快！既然是你驅走打死的，現在六百隻雞說沒就沒了，國公爺是否該想想如何補償？」

鄭克冷笑道：「你的雞私闖民宅，本公要趕要殺，也是由得我。若是平西王心中不平，大可去尋京兆府、大理寺、宗令府討個公道。」

鄭克的話確實理直氣壯，這些雞私闖了他鄭家，就是到御前去打官司，他也不怕。

沈傲卻是依舊帶著笑容，淡淡地道：「若是尋常的雞，本王自然也不說什麼，幾百隻雞而已，小事一樁。不過，這些雞就算是闖進了貴府，公爺也是萬萬不能趕的。」

鄭克挑了挑眉，道：「這是為何？」

沈傲呵呵笑道：「因為牠們非同凡響，不是尋常的雞；這些雞，個個都是雞中極品，母雞中的戰鬥雞，莫說是牠們闖進了鄭府，便是闖進了國公的寢室，國公非但不能打殺，還要好好地將牠供起來。」

沈傲一口氣說完，鄭克已經是面若寒霜，雙眸裡閃過一絲比屋脊上的積雪更加刺骨的寒意。

鄭克壓住心中的火氣，不過臉上還是帶著幾分譏誚之色，慢悠悠地道：

「老夫倒是想知道，是什麼雞闖入了我們鄭家，居然還要老夫將牠供奉起來？」

鄭克心裡暗暗警惕，看樣子這平西王是有備而來，不知這次他又要玩什麼花樣？

沈傲悠悠地道：「因爲這雞乃是御雞！」

御雞……，許多人從未聽過這個新鮮名詞，都以爲聽錯了，連鄭克也是一頭霧水。

沈傲突然挺起胸膛，一步步向鄭克走去，朗聲道：

「三百隻是陛下所賜，另外三百則是太后所贈，敢問鄭國公，這雞就算闖入了你們鄭府，也是由得你們打殺的嗎？御賜之物，重若泰山，居然有人拿著槍棒打殺驅趕，還有王法嗎？在鄭家眼裡，是否還有聖上……」

沈傲目光掃了那些鄭府家人一眼，道：「你們……統統該死！」

那些手上還提著棍棒的鄭府家人嚇了一跳，手中的棍棒不禁掉落在地上，一個個額頭上冒出冷汗。

「我……我們不知道是御雞……」有個主事期期艾艾地道。

其餘的人紛紛辯解：「平西王饒命。」一個人噗通跪在雪地上，其餘的人也紛紛跪倒，向沈傲磕頭求饒。

鄭克突然感覺有些天旋地轉，上次是一隻雞，現在是六百隻雞……不過他還算鎮定，勉強保持住國公的威儀，只是臉上再也沒有了譏誚，浮上了幾分凝重而已。

沈傲一雙虎目掃著黑壓壓跪倒的人群，淡淡地道：「本王活了這麼久，還沒有見過如此膽大包天之人，若是計較起來，這鄭府上下，或許鄭國公還可以保住腦袋，至於你們……」他冷哼一聲，浮出一絲冷笑。

「殿下，我等……我等也是受人脅迫，請殿下明察。」一個主事已經什麼都顧不上了，畏懼地看了鄭克一眼，最後又將希冀的目光放在沈傲身上。

「是，是，我等也是受人脅迫，請殿下明察秋毫！」一聲聲討饒聲接踵傳來。

沈傲板著臉道：「是誰脅迫你們？」

「是……是……」有人仰起臉，期期艾艾地看了鄭克一眼，最後咬了咬牙道：「是小人的家主……」

「噢？」沈傲輕輕一笑，目光回到鄭克的身上，淡淡笑道：「鄭國公是否要解釋一下？」

鄭克正色道：「欲加之罪，何患無辭？這雞，確實是老夫命人趕的，可是誰也不知道這是御雞，更何況，這既然是御賜之物，平西王驅到鄭府來，到底是什麼居心，就難免讓人三思了。」

沈傲不禁哂然一笑，道：「這雞是陛下和太后賜給本王籌集賑災糧款的，自然是要驅出來發賣，這雞又不是人，跑進別人家去也是常有的事。不過既然進了鄭府，鄭家卻將這御雞打殺驅趕，如今這雞沒了，讓本王如何向陛下和太后交代？又如何向太原的父老鄉親交代？今日鄭國公不把事情說清楚，這官司，沈某人打定了。」

鄭克臉色驟變，任何東西沾到了皇帝和太后，許多事就不好辦了。

皇帝還好，太后近來對鄭家越來越嚴厲，鄭克已經猜出是晉王的緣故，眼下正是修補關係的時候，突然又鬧出這麼一樁事。這件事到底是沈傲有意爲之，還是太后在背後默許撐腰都是未知數，若是有人想借題發揮，這事只怕就更棘手了。

鄭克猶豫了一下，道：「平西王打算如何處置？」

沈傲笑道：「這事簡單，既然雞沒了，自然算是鄭家買下了；鄭家家大業大，如今太原地崩，流民遍地，國公又是外戚，理應爲陛下分憂是不是？」

鄭克冷冷地對身後的一個賬房道：「去籌一百萬貫來，就是砸鍋賣鐵，明日也要送到平西王手上去。」

一百萬貫，六百隻雞，這買賣實在虧大了。鄭家是經商起家，一向只賺不虧，今日卻是平白流出這麼一大筆錢去，鄭克的臉上更顯陰沉，森然一笑，對沈傲道：

「平西王現在滿意了嗎？」

沈傲笑呵呵地道：「不滿意！」

只聽鄭克怒道：「平西王可莫要欺人太甚！」

「本王哪裡欺負了你？我聽國公的意思，倒是在欺負皇上和太后，你們鄭家買本王一隻雞，尚且都靡費了二十五萬貫之巨，可是買陛下和太后的六百隻雞，卻只肯出一百萬貫，國公這是什麼意思？是瞧不起陛下和太后嗎？」

所有人聽了不禁悚然，誰也不曾想到，沈傲的胃口竟是這樣大。可是聽起來卻也有道理，平西王的一隻雞，鄭家二十五萬貫買下來，連眉頭都不肯皺一下，鄭家家財億貫，怎麼臨到了御雞卻是這般不值錢？

這件事若是要深究，豈不是說鄭家瞧不起御雞？瞧不起御雞，自然就是瞧不起皇上和太后了。欺君大罪又搭上了一個太后，這兩樁罪任何一條都是要命的。

鄭克突然意識到這是一個圈套，如同一個絞索一樣，就等著自己將脖子套上去，現在，沈傲已經把絞索拉緊了。平西王的雞都要二十五萬貫，這御雞若是低於二十五萬貫，還叫御雞嗎？若是一隻二十五萬貫，六百隻是多少？

一億五千萬貫！

鄭克不禁倒吸了一口涼氣，一動不動地看著沈傲，什麼話也說不出了。

沈傲的臉色突然一變，板著臉道：「鄭國公世受國恩，身爲外戚，又有億貫家財，如今太原地崩，靡費巨大，朝廷已經入不敷出，身爲外戚國丈，國公既然要買下這些雞用以賑濟太原災民，這雞的價錢是不是要好好地算一算？」

沈傲冷冷地繼續道：「鄭家如此家業，卻只拿出一百萬貫出來，未免也太少了一些。我若是國公，絕不會做這種欺君罔上的蠢事，到時候莫要誤了鄭家，更不要害了鄭妃。陛下和太后一向對鄭妃讚譽有加，這是爲什麼？是因爲鄭妃賢良淑德，萬事以國事爲重，處處端莊得體，今日國公卻是如此吝嗇，一百萬貫就想買下六百隻御雞，未免也瞧不起陛下，太不將太后放在心上了。」

鄭克的身子突然感覺冷颼颼的，不禁微微顫抖了一下，道：「那平西王到底要多少？」

沈傲笑道：「好說，好說，其實本王要的也不多，畢竟都是自己人，總不能當真收你二十五萬貫一隻雞是不是？國公既然通曉大義，不如這樣，這雞，就按一隻二十萬貫算好了，一隻便宜你五萬貫。這買賣，國公算是獲利不小啊。國公若是不信但可以去問問，誰家可以二十萬貫買到一隻御雞？就算有，那也是有價無市。」

「既是二十萬貫一隻，六百隻就是一億二千萬貫，只是不知道國公爺是現在付清，還是慢慢籌措？」

沈傲笑了，笑得很正經。

鄭克也在笑，卻笑得比哭還更難看。

一億兩千萬貫，鄭家積累了幾代的財富也未必能輕易拿出這麼一大筆錢來。這傢伙明顯是來打劫的，而且一開口就是天文數字，天下除了皇家，也唯有他鄭家能拿得出。不過，拿得出並不意味著捨得拱手奉上。

鄭克心中開始權衡得失，欺君之罪可大可小，問題在於是否有人刻意操弄；皇上天性懦弱，只要鄭妃肯在宮中斡旋，出不了什麼大事。真正讓他頭痛的還是那個太后，太后若是追究起來，鄭家苦心的經營只能付諸東流了。

鄭克看著沈傲，惡狠狠地道：「平西王不是在說笑吧？」

沈傲摸了摸鼻子，苦笑道：「本王大老遠的到這裡來，國公難道認爲本王是在說笑？」

鄭克冷笑一聲，道：「這錢……我鄭家賠！」

沈傲拍手笑道：「痛快!本王就知道鄭家家財億貫，最肯爲陛下分憂的。不過這買雞的錢，國公打算什麼時候付清？」

鄭克拂袖道：「能否暫緩三個月？」

「三個月？」沈傲不禁皺眉，道：「等國公的錢籌出來，只怕黃花菜都涼了。罷罷罷，就當本王吃點虧吧，這賑災的錢，本王先挪出一些來，三個月後，等著國公的準信。」他正色道：「國公爺對我大宋忠心耿耿，對陛下和太后更是盡心竭力，本王真真是自愧不如！」

沈傲朗聲繼續道：「爲了表彰鄭家捨棄小我顧全大局的事跡，本王這就去提請禮部，要禮部做一面大大的牌坊送到鄭家來，哈哈……上書『爲國解憂』四字，這字當然要本王親自手書，再燙成金色，讓天下人都知道鄭家的豐功偉績。」

鄭克冷哼一聲道：「殿下若是沒有事，老夫要送客了。」

「且慢！」沈傲笑道：「雖然鄭國公高風亮節，可是既然許諾出資一億二千萬貫買雞，總要留下個憑證才是，哈哈……在商言商嘛，口說無憑是不是？」

他像是早已準備好了似的，立刻拿出一張借據來，將借據攤開，指著右下角道：「國公將手印按在這裡就可以了。」

鄭克猶豫了一下，終於還是用手指蘸了印泥按了下去。

大功告成，沈傲很忠厚地道：「鄭國公的美名自今日起，一定會傳揚天下，本王代十數萬太原災民謝過國公。」

沈傲深深地鞠了個躬，抱了抱手，將借據小心摺好收起來，隨即說道：「國公一向做好事不留名，今日這般大張旗鼓，肯定讓國公心裡不痛快。那本王就先告退了，告辭，告辭……」

哈哈一笑，沈傲便帶著人揚長而去。

# 第一一七章 人間地獄

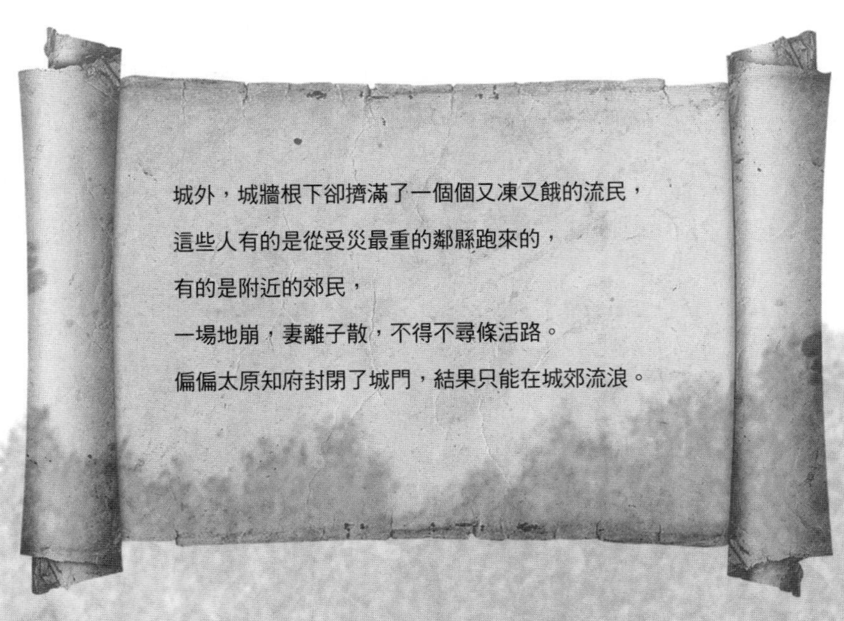

城外，城牆根下卻擠滿了一個個又凍又餓的流民，
這些人有的是從受災最重的鄰縣跑來的，
有的是附近的郊民，
一場地崩，妻離子散，不得不尋條活路。
偏偏太原知府封閉了城門，結果只能在城郊流浪。

鄭克冷哼一聲，返回正廳去。

「上茶，上茶！人都死了？」鄭克的聲音在咆哮。

家人們臉色鐵青，誰都不敢說話，各自手忙腳亂地忙碌起來。

先前那指認鄭克的主事心驚膽寒地斟了一杯茶上去，小心翼翼地道：「老爺……」

鄭克什麼也沒有說，捧起茶來便喝，誰知剛剛入口，立即吐了出來，罵道：「狗東西，是要燙死老夫嗎？」

「小人該死，該死……」那主事仆然跪地，臉色蒼白。

鄭克慢悠悠地道：「你在府上多久了？」

跪在地上的主事期期艾艾地道：「回老爺的話，十五年了。」

鄭克淡淡一笑道：「十五年，說短也不算短了，從一個雜役做到主事，我鄭家可虧待了你？」他繼續道：「你的兒子如今在商隊中走動，每個月也有二十貫的月錢，本來呢，若是做得好，老夫是想讓他帶個隊的，將來不說升官發財，總能置些家業出來。不過現在不同了，從此以後，你就去柴房做事吧。來人，把他的兒子也叫回來，送到鄉下的田莊去養馬。」

「老……老爺……」主事的喉結滾動了一下，卻是再不敢說什麼。

「滾出去！」鄭克毫不留情地道。

「是，是。」主事什麼話也沒有說，灰溜溜地走了。

廳堂裡，所有人都回避開，只有鄭克和鄭富這對兄弟在。

鄭富淡淡地道：「大哥，這個家一直是你操持的，我在外走商，一日也沒有歇過，可是有句話，今日卻要說了。」

鄭克低頭喝著茶，看不出表情。

鄭富道：「咱們是一母同胞的兄弟，我鄭富的兒子，也算是大哥的兒子，是不是？鄭爽是不爭氣，給咱們鄭家惹來禍事，可是我鄭富只有這麼一個獨子，只有這一條血脈，大哥若是可憐我這做弟弟的，就應當拿出兩千五百萬貫將爽兒贖出來。可是……」

他臉上浮出一絲冷笑，繼續道：「可是大哥寧願拿一億兩千萬貫去買六百隻雞，也不願拿出點零頭來救爽兒，眼睜睜地看他死無葬身之地。我這做弟弟的想要問一句，大哥的心裡可還有我這兄弟嗎？」

鄭克吹了口浮在茶上的茶沫，慢吞吞地道：

「兩千五百萬貫救鄭爽，得罪的是晉王；一億兩千萬貫是為我鄭家買一個平安，欺君大罪，誰能擔待得起？這件事若是追究下去，鄭家滿門都要受到牽連。我這做兄長的，考慮的是全局，一兩個子侄不肖，能救自然救，可若是救了就要連累到鄭家，也只能壯士斷腕。」

鄭富冷笑道：「你說得倒是冠冕堂皇，你花的錢是爲大局，我要的零頭就是牽連鄭家滿門。大哥，你這算盤倒是打得好。」

鄭克吁了口氣，道：「二弟，你累了，還是先去歇了吧，一億兩千萬貫還要由你來籌措，汴京的這些店鋪，能賣的就賣，還有最近從關外囤積的一批皮貨也儘快脫手，三個月，說長不長，說短也不短，到時候拿不出來，姓沈的又要挑事了。」鄭克長身而起，道：「爲兄還要去太原，這裡的事就拜託你了。」

鄭富冷哼一聲，心裡依然帶著怨氣。

鄭克搖了搖頭，從廳中出去，到了寢臥，小憩了片刻，外頭已經有人來叫了，說是車馬已經備好。鄭克穿戴整齊後，便道：「這就走吧，爭取今夜在湖口歇腳。」

正在這時，一聲聲銅鑼聲響起來，數十個差役模樣的人敲鑼打鼓在前開道，後頭跟著熙熙攘攘的人群，正中是七八個力士抬著一個牌坊，上頭果然刷了金漆，寫著「爲國解憂」的字樣。

沈傲穿著蟒袍，精神颯爽的騎馬跟在牌坊之後，再後面是一隊隊差役，一面舉鑼敲打，一面高喊：「鄭國公鄭老爺出資一億二千萬貫用作賑災之用，鄭老爺千秋萬代。」

沿途的人蜂擁著跟過去看熱鬧，有人竊竊私語：「不是說平西王和鄭國公不睦嗎？怎麼今日卻又給他送牌坊來了？」

「坊間的流言誰能當真？你看看，平西王給鄭國公送牌坊，宣揚鄭國公的事蹟，臉上還帶著紅光，像是自家做了新郎一樣。」

「哈，平西王笑得真是開懷，他們若是有嫌隙，哪裡能笑成這樣？」

鄭克帶著人出門，看到那金漆的牌坊覺得格外的刺眼，想要露出幾分笑容，可是無論如何也笑不出來，一億兩千萬換來一個牌坊，這牌坊便是金子打造，上頭繪滿了王羲之的行書、顧愷之的畫，只怕也不值一億兩千萬的零頭。

這時，沈傲排眾而出，朝鄭克拱手道：「鄭國公重義輕財，實乃天下商賈楷模，如今國難在即，太原百姓嗷嗷待哺，鄭國公願爲朝廷效力，爲百姓分憂，這般義舉足以萬世彰顯，名垂千古。」

鄭克只是冷冷地看著沈傲。

沈傲笑道：「鄭國公要不要來說兩句？」

鄭克哪裡還說得出什麼話，殺人的心倒是有。

沈傲見他不語，不禁笑道：「鄭國公實在太客氣了。」隨即又道：「來，將這牌坊豎起來。」

數十個差役一齊擁入別院，不過一炷香功夫，牌坊便算落成。

沈傲仰望著牌坊，對鄭克道：「國公，有了這牌坊，將來做再多缺德事也不怕傷陰德了……啊啊……本王說這個做什麼？咦……」他將目光落在門口停落的十幾輛車馬上，道：「怎麼？鄭國公要出遠門？」

鄭克淡淡道：「正是。」

沈傲不禁笑道：「不會是去太原吧？」

鄭克既不承認，也不否認。

沈傲吁了口氣道：「正好本王明日也要去太原，哈哈……到時候請國公喝酒……」又道：「不對，不對，太原災情緊急，你我哪裡有閒情喝酒？」

鄭克冷哼一聲，不願再和沈傲胡攪蠻纏，便要穿過牌坊進廳堂去。

沈傲叫住他：「且慢！」

鄭克回眸，腳步不由頓了一下。

「國公還是繞道走的好，這牌坊下頭是不能過人的。」

鄭克雙眸一闔，冷冷道：「這又是爲什麼？」

沈傲正色地朝宮城方向拱手道：

「鄭國公的義舉，本王已經稟告了陛下，陛下龍顏大悅，因此這牌坊上的字並非本王書寫，乃是陛下御筆親書。國公應當知道，御筆之下，豈能讓人隨意出入？所以本王建議國公在這裡設一座大棚，將這牌匾遮起來，不要讓這御賜之物任由風吹雨打。至於這牌坊之下，更是禁區，閒雜人等豈能出入？」

沈傲口中的閒雜人等，當然是鄭克了。好好的一個牌坊矗立在中門之後，又設了柵子，等於是將中門堵住了，再禁止人出入，這鄭家上下往後要出入府邸，只怕要翻牆才行了。

聽罷，鄭克的臉色更是陰沉了。

十一月初，天空雖是放晴，可是這肆虐的寒意還是讓人懶洋洋的。

平西王府，門口兩個家僕將手攏在袖裡，有一搭沒一搭地說著閒話。側門的角樓處，幾個馬夫驅著車馬套著行李。

過了一會兒，一輛馬車碾著泥濘過來。馬車穩穩地停到王府門前，下來一個穿著圓領員外衣的青年，他生得很是俊朗，臉上帶著娟秀之氣，只是身子骨有些瘦弱，雖然穿著一件厚厚的短襖，仍然顯得弱不禁風。

「表少爺來了？」劉勝笑呵呵地過去拱手道：「表少爺好。」

表少爺正是陸之章。

陸之章握起拳頭，放在唇邊咳嗽了一聲，笑道：「好，好，好……，劉管事呢？」

劉勝回道：「好得很，表少爺要多照顧照顧自己的身體，整日將自己關在屋裡，鐵打的身子骨也要熬壞的。你那篇《柳生傳》著實有趣得緊，連我閒暇時都在看呢。」

陸之章那略帶蒼白的臉上不禁染起了一絲紅暈，微微笑道：「這還是我和表哥一起琢磨出來的。咦，表哥怎麼還沒出來？」

劉勝道：「還早著呢，沒這麼快起來，表少爺是不是先進去坐一坐？」

陸之章不禁搖頭，道：「罷了，就在這裡等吧，待會兒一併送他。眼看年關就要到了，他卻還要去太原，聽說那裡到了臘月的時候，連鼻子都可以凍掉，不知是真是假，要多預備幾件衣衫。」

劉勝笑嘻嘻地道：「幾位夫人早就準備好了，上等的關外皮貨編織的裘衣，再大的風也灌不進去。」

陸之章呵呵一笑，道：「其實，本來有個人是想來拜望他的，不過被我推掉了，等他從太原回來再說。」沉吟了一下，又道：「近來我在讀佛經，也摘抄了幾本經文來，表哥行路閒來無事，大可以看看。」

為他趕車的馬夫拿出了一隻箱子，劉勝連忙接了，放到沈傲的車裡去。

正說著，中門終於打開，許多人簇擁著一個人出來，不是沈傲是誰？

沈傲打著哈欠，像是還沒睡醒一樣，不斷聽身側的人囑咐：

「天冷要加衣衫。」

「既是去賑災和救我爹的，眼睛就別老是往別的女人身上看；知道的說你去賑災，不知道的還當你是潘安遊洛陽呢。」

沈傲立馬清醒了，爲自己辯解道：「本王奉旨欽命辦差，怎麼會去做這等下三濫的事？你不要血口噴人。」

「嘻嘻……我可沒有噴你，只是提醒你罷了。你這般激動，莫非是心裡有鬼？」

沈傲又懶下來，道：「這麼冷的天，你們也不必送了，我自己走。」話是這般說，幾個夫人蓮步卻是沒有停。周若在中門看到陸之章，不禁道：「表弟來送他，爲什麼不先進來坐坐。」

陸之章笑道：「實在不敢擾了表哥和表嫂們話別。」敘了會兒話，沈傲走過去拍了拍陸之章的背，道：「表弟上我的車，我們說說話，順道兒送你到東華門那邊。」

二人一齊上車，車輪開始滾動，陸之章笑呵呵地道：「你這一趟去太原，我特意來送你，是有話要和你說。」

「陸大師有話說，沈某人豈敢不聽？請陸大師賜教。」

陸之章又咳了一下，慢慢地道：「大理國明年開春時要舉辦一場佛禮大典，據說邀請了諸多的高僧前往，因此各國也都派出了使者。」

沈傲撇了撇嘴，心想，這種場合讓夫人去自然再好不過。只是不知道空定、空靜兩位禪師有沒有受邀？不過對於這種事，他是一點都不熱心的，談佛，那不如殺了他。

陸之章道：「有一個大理來的朋友，說是想見你一面。」

沈傲道：「他要見我做什麼？」

「我和他只算是泛泛之交，想讓我引薦而已，至於說什麼，我就不知道了。不過我和他說，你近日就要去太原，實在抽不開身。」

沈傲頷首點頭道：「婉拒了最好。」

陸之章卻道：「不過那人卻不依不饒，說是等你回來再來拜謁，我拒絕了他一次，就不好再婉拒了。這人要說的話，只怕和各國朝佛的事有關。」

沈傲抿了抿嘴道：「既然這樣，等我從太原回來再說吧。怎麼……大理人找我做什麼？」

陸之章猜道：「多半是想請平西王去大理。」

沈傲不禁笑道：「請我去大理做什麼？真是好笑。」

陸之章道：「你是西夏攝政王，又是大宋平西王，與契丹、吐蕃、倭國、大越都打過交道，在各國心裡，你的威望是最高的，只有你去了大理，這場盛會才辦得下來。」

沈傲呵呵笑道：「他們這是將我當蜜糖，拿各國當蒼蠅了。這大理，我是萬萬不去的，你最好讓他死了這條心。」

陸之章也笑道：「我就知道表哥不會答應。」

二人各忙各的，平時很難聚在一起，這時坐在馬車裡說了許多話，陸之章身子弱，說幾句話便咳嗽起來，沈傲不禁道：「大丈夫豈可這樣病怏怏的？如今你是圖畫院學士，身子這般珍貴，哪裡能這樣糟蹋？還是好好養養身體。」

路之章苦笑搖頭道：「周刊不能斷，若是斷了，如何向人交代？以後再說吧。」

路之章徐徐道：「表哥這次去，若是真能救活十幾萬太原百姓，實在是天大的功德，我這做表弟的與有榮焉。」他看著沈傲，不禁道：「沒有表哥，也沒有今日的陸之章，哎……這幾日我想起許多的往事，有一件事終於想通了。」

沈傲不禁問：「什麼事？」

陸之章淡淡笑道：「從前表哥教我如何去追若兒表嫂，其實早就居心不良了，是不是？」

沈傲大是尷尬，不禁想，他居然現在才明白。

陸之章笑了笑，道：「往事如煙，過去的事都過去了，表哥也不必耿耿於懷。」

沈傲更覺得尷尬，事實上，他從來沒有耿耿於懷過……

二人沉默地坐著馬車一直到東華門，陸之章下了車，對沈傲道：「表哥，就此別過。」

沈傲對陸之章的感情很複雜，這時也有些感動，對他道：「好好注意身體。」

馬車穿過門洞，出了城，外頭是一處處棚子，馬車穿過這裡，前方便是曠野了。汴京無山，除了一條汴水流過，其餘都是一馬平川。

曠野上，一隊騎兵等候多時，帶隊的童虎打馬過來，低聲道：「殿下，總共一千五百名校尉候命待行，包袱早已打點好了，可以出發了嗎？」

沈傲坐在馬車裡，道：「走。」

隊伍蜿蜒前進，沿著官道，一路朝太原而去。

太原城已經連日下了十幾天的大雪，城中倒還好，雖然倒塌了許多建築物，留下來的牆根，崩塌的木料石塊總算還可以搭起安生之所。所以雖是白雪皚皚，城中的秩序還算井然有序。

邊軍已經調了一營人馬來，再加上本地組織起來的廂軍，因此街上仍有一隊隊扛著長矛的軍卒巡弋。

軍卒們戴著破舊的范陽帽，顯得有些疲倦，昨天夜裡，一夥流民要闖進城來，大半夜的被人拉了去擋人，總算堵住了城外數以萬計的流民；今日又要巡街，這麼冷的天，實在令他們為難。

城裡太平無事，可是在城外，城牆根下卻擠滿了一個個又凍又餓的流民，這些人有的是從受災最重的鄰縣跑來的，有的是附近的郊民，一場地崩，妻離子散，不得不尋條活路。偏偏太原知府封閉了城門，結果只能在城郊流浪。

太原知府王直這麼做，也有他的考量，府庫裡的糧食就這麼多，城裡的軍民都不夠用，若是讓流民湧進來，那還了得？再說，流民進城，若是突然滋生變故，到時候連防都防不住。為謹慎起見，也只能委屈城外的流民了。

雖說每隔一些時日會丟些乾糧讓流民哄搶，可是誰都知道，長冬已經來臨，衣不蔽體的流民絕對撐不了多久，加上沒有吃食，不是餓死，也只能凍死。

不管怎麼說，這筆賬真要算，也只能怪那祈國公，祈國公奉欽命來賑災，卻遲遲不向商戶購糧，沒有糧食，這城門一開，就是天大的禍端。既然撇清了責任，王直就沒什麼好怕的了。

眼下這太原府，已是哀鴻遍地，可是各家的米店，卻是生意興隆，最大的一家米鋪，莫過於鄭記貨棧。

城外頭的人進不來，城裡的人總也要吃飯，官府雖然做了個樣子施了些粥，可哪裡填飽得了肚子？尤其是這大冷天裡，天寒地凍，肚子裡沒幾粒米，更是難熬了。所以糧價雖然漲到了兩貫一斗，可是買米的還是絡繹不絕。

更有一些不法的滋事之徒，居然糾結了人去搶米。因此爲了維持秩序，邊軍調撥了幾隊人馬守在米鋪外頭，看誰賊眉鼠眼，自然是先捉拿起來再說。

有兵卒守衛，米鋪門前就規矩多了，一大清早，米鋪的門板一拆，便可以看到濃霧之中，黑壓壓的人排成了長龍。人群在冷風中呵著氣，大多數人都是兩眼無神，提著簸箕或是竹筐，一個個魚貫進去，將米換了，再急促促地往家裡走。

不過怨言也有，一個壯漢在裡頭大聲吵鬧：「陳米倒也罷了，前幾日，米裡摻了兩成沙子不說，怎麼今日卻是沙子裡摻了兩成米？兩貫三百文一斗買你的沙子回去嗎？」

這人一叫，許多人也開始躁動。

米鋪的一個夥計出來，對外頭的軍卒說了兩句話，軍卒二話不說，直接將這人像小雞一樣提出去，少不得扇幾個巴掌，大罵：「快滾，沒錢也敢來買米！」

如此一來，秩序又井然了，這世道兩樣東西最霸道，一個是刀，一個是米，有了米才能不讓人餓死，有了刀才能讓人生畏。恰好，這米鋪裡既有刀又有米，不乖乖掏錢，誰也別想將米帶走。

鄭記的米鋪旁，還開了一家典當行。典當行自然是新開的，連朝奉和夥計都是臨時請來，刷了油漆的木櫃還沒有乾，有一股淡淡的異味。雖是新開，生意卻是出奇的好。

沒錢買米的，或拿了衣衫或拿了古玩字畫往這裡鑽。

畢竟現錢有限，不是什麼人家裡都藏著數百上千貫錢，米價又是出奇的貴，吃不了幾天，再豐厚的家底也得搜刮乾淨。男人或許可以餓個一頓兩頓，老人和孩子卻不成，於是咬咬牙，自然是撿了能賣的都賣了。

這典當行的規矩當然也和平時不一樣，明明是數百貫的字畫，朝奉卻是伸出五根手指，五根手指自然不是五百貫，而是五十；若是你敢吱聲，朝奉便頭一低，自顧自地去做出喝茶的樣子，這意思再明白不過，愛賣不賣。到了這個時候，字畫又不能吃，又不能救命，咬了牙也是得典當。

不止是字畫，還有賣兒女妻子的，這典當行居然也不拒絕，一個黃毛丫頭五貫錢，若是生得漂亮些或許還能翻一番，男孩兒就賤了，能賣到五貫已是天價。

就在這個時候，一輛馬車慢悠悠地出現在這裡。馬車旁是幾十個護衛，護衛們一個個身形壯碩，很是彪悍。

那馬車一到，米鋪裡的掌櫃立即像哈巴狗一樣地撂著袍子出來，弓身在車轅邊低聲道：「老爺……」

裡頭的人沒做聲，掌櫃又繼續道：「老爺趕路辛苦，快隨我到後堂去烤烤火，吃碗熱湯。」

「唔！」裡頭的人這才慢悠悠地應了一聲。掌櫃立即掀開車簾，裡頭的鄭克才在幾個護衛的攙扶下走出來。

鄭克披著狐裘，尙且還覺得冷，手不禁縮在軟裘的袖子裡，看了舖外的長龍一眼，淡淡地道：「生意還好吧？」

掌櫃笑道：「好極了，這還是清早，許多人不敢醒，怕餓。等到正午的時候熬不住了，這長龍至少要排過三條街。太原府下轄十四縣，每個縣城都有咱們鄭家的米舖，照這麼賣下去，當真是了不得了。」

鄭克卻是臉色一沉，道：「進去說話。」

廳堂裡門窗緊閉，因此有些昏暗，便又叫人添了幾盞油燈，和外頭比起來，這裡簡直是人間仙境了。

鄭克慢悠悠地喝了口熱茶，掌櫃已經將一遝厚厚的賬簿遞到了鄭克手邊的茶几上。鄭克翻看了一下，抬眸道：「一個月一百七十萬貫的盈利？」

掌櫃見鄭克臉若寒霜，更是加倍著小心道：「這只是太原城的，各縣的還沒有送來，仔細算算，一千萬貫總是有。」

鄭克冷冷地道：「不夠！」

掌櫃這時有些急了，老爺這麼說，顯然是對自己不滿意了，於是哭喪著臉道：「其實盈利不止這些，一旁的典當行想必盈利也是不菲，除了各式古玩珍品，男童女童每日也能收個幾百進來，等到時將這些賣出去，盈利未必在賣米之下。」

鄭克此時回過神來，才發現自己方才竟是失神了，不禁道：「你坐下說話吧。」

掌櫃見鄭克的臉色緩和下來，小心翼翼地欠著半個屁股坐在椅子上，道：「原本以爲是二老爺來的，誰知卻是老爺親自來了，太原這時節不太平，老爺走動可要小心一些。」

鄭克淡淡地道：「知道了。太原知府和邊軍情形如何？還有，太原大都督府近來可有走動嗎？」

掌櫃道：「都打點好了，太原知府那兒不用說，和老爺是一條心的；至於大都督府裡也給了方便，都督府裡的文相公收了咱們三十萬貫去，雖然沒有說什麼，但在暗地裡調了邊軍在米舖旁衛戍。」

鄭克的眉宇總算舒展了一些，道：「文相公在太原一言九鼎，又手握十萬邊軍，只有他才真正靠得住。老夫暫且先歇一歇，你到大都督府遞個名刺，就說晌午時，老夫請文相公來赴宴，請他務必賞光。好啦，你去忙你的去吧，這裡不必你伺候了。」

# 第一一八章 借刀殺人

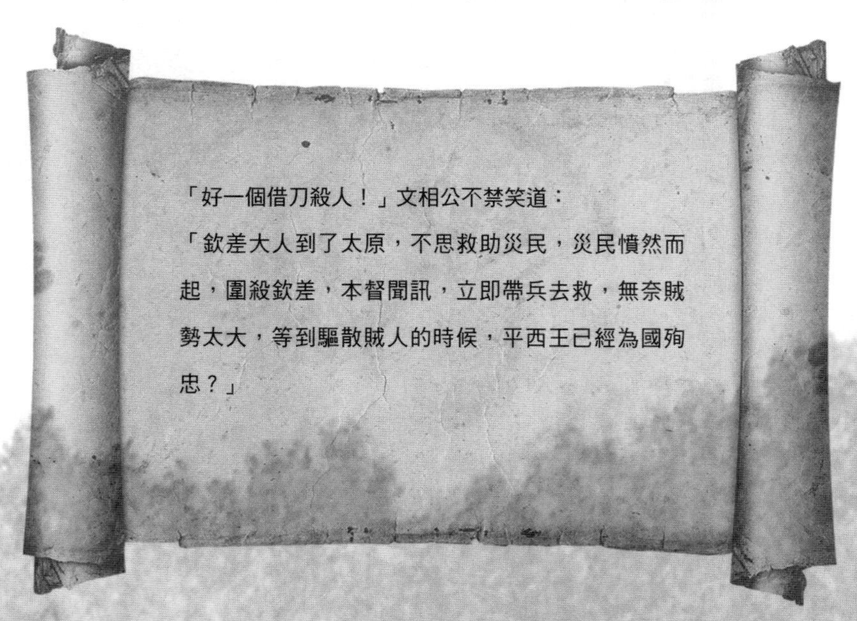

「好一個借刀殺人！」文相公不禁笑道：

「欽差大人到了太原，不思救助災民，災民憤然而起，圍殺欽差，本督聞訊，立即帶兵去救，無奈賊勢太大，等到驅散賊人的時候，平西王已經為國殉忠？」

到了晌午，果然如那掌櫃所說，米鋪的門前人流更多，鵝毛大雪紛紛下來，將整座略帶殘破的太原城雕飾得銀裝素裹。

不遠處的一座別院，已經修葺了一番，積雪給掃了乾淨，又掛上一盞盞紅燈籠，看不到一點殘破的痕跡。

幾頂轎子從街尾出現，接著一個主事冒雪出來，引著轎子從角樓的儀門過去，一直到偏院停下。

轎中率先走出一個紫衣官袍的中年人，這人身材瘦弱，臉上略帶幾分酒色掏空的疲倦，可是隱隱中又帶有幾分貴氣。他踏著貂皮靴子下了馬車，立即有軍卒拿了件狐裘大襖過來給他披上。

他似乎還嫌不夠暖和一樣，不由緊了緊裘襖，眼睛向主事瞥了一眼，慢悠悠地道：「這樣的天來赴宴，若不是看在鄭國公的面上，還真不想來。」

主事躬身道：「文相公辛苦。」

文相公淡淡地點了點頭，踩著雪往廳堂走去。

後頭的幾頂轎子又陸續下來幾個穿緋衣的官員，為首的一個，正是太原知府王直。

王直年紀已是不小，尖嘴猴腮，眼中總是帶著若有若無的笑意，見了這主事，他居然不端架子，笑呵呵地道：「今日喜鵲掛枝，本官就想，肯定是有什麼喜事要臨門了。

果不其然，國公爺居然來了太原。」

吳主事呵呵笑道：「大人客氣。」

一干賓客到了正廳，廳裡是一張圓桌，總共十二道熱菜，六道涼菜，兩邊都有小婢各端著托盤，盤中熱氣騰騰，想必菜還沒上完。

鄭克見客人來了，笑容滿面地迎過去，雙手握住文相公道：「文相公日理萬機，比不得老夫這閒人，今日能來，賞光得很。」

文相公淡淡一笑，誠摯地道：「國公相召，下官豈能不來？」

二人一邊落座一邊寒暄。文相公苦笑道：「太原地崩，不知惹出多少事來，窮忙了這麼久，想不到還有這般清雅的去處。」

鄭克呵呵笑道：「文相公要來，隨時來就是。」他低聲對身邊的主事囑咐道：「明日把這宅院的房契送到文相公府上去。」

主事應了一聲。

文相公既沒有顯露出貪婪之色，也沒有拒絕，只是安坐在主賓的位置上，道：「聽說朝廷已經另委了欽差來，是平西王嗎？不知他什麼時候到？」

說到平西王，鄭克的笑容僵硬了一下，隨即道：「他若是來了，大家的日子只怕都不好過了。」

文相公淡淡地道：「汴京是汴京，太原是太原，他來賑他的災，有什麼不好過的？大不了不和他打交道就是。」

鄭克沉眉道：「平西王不是祈國公，文相公可莫要小視了。」

文相公沉吟了一下，道：「這個我自然知道，聽說此人一向不諳官場規矩，做事出人意料，本督也有耳聞，他是天子近臣，我們是閒雲野鶴，苦兮兮的在這邊關裡枕戈臥甲，沒他得時運。」

文相公哂然一笑，像是自哀自怨一樣，繼續道：「不過話說回來，太原有太原的規矩，他來了，大家敬他三分，大家各走各路，各不相干。可要是逼急了，狗還知道跳牆呢！在座之人誰是輕易能惹的？」

眾人不禁哄笑。

那王直捋鬚道：「依下官看，平西王這一趟是來搭救他的岳丈的，想必不願意節外生枝。」

文相公笑道：「搭救他的岳丈，就勢必要拉個替罪羊來給他岳丈背黑鍋，這個人不是你便是我，再不然……」他微微一笑，眼睛落在鄭克身上，道：「就是鄭國公也未必。」

所有人都沉默了。

這時，鄭克拿起筷子夾了口菜悠悠咀嚼，笑呵呵地道：「說這些喪氣話做什麼？沈傲也是人，又沒有三頭六臂，只要能把事情做得滴水不漏，不要讓他抓到把柄，又有什麼可畏懼的？大家開動吧。」便開始吃菜喝酒。

足足半個時辰功夫，幾個人酒足飯飽，一起起身到隔壁的偏廳小坐。

文相公呵呵笑道：「鄭國公，這菜吃了，酒也喝了，也該打開天窗說亮話了。這趟鄭國公設下宴來，不只是舉盞言歡這麼簡單吧？倒不如開門見山，如今大家都是一條繩上的螞蚱，沒什麼好遮遮掩掩的。」

王直附和道：「文相公說得是，大禍臨頭，還扭捏什麼？說實在的，下官現在還在後悔，下官不怕祈國公，可是這平西王是會殺人的，他手裡的尚方寶劍斬不到國公和文相公的脖子上，可是下官不大不小正好是個五品，真要切下官的腦袋，還不是跟切韭菜一樣嗎？」

他訕訕一笑，說得自己的脖子居然真的有點兒發涼了。

鄭克呵呵一笑，道：「王大人放心，你這腦袋誰也砍不走。」他的臉色變得嚴肅起來，繼續道：「既然要說，那麼不妨就說清楚。這次沈傲來太原，就是要殺人的，殺了人才能洗掉祈國公的罪名。眼下他是箭在弦上，不得不發。可是我們呢？」

文相公皺起眉：「我們也不能坐以待斃。」

鄭克點頭道：「正是！大家能到今天這一步都不容易，就算是死，也要爭個魚死網破。所以我左思右想，要對付沈傲，唯有一個辦法。」

所有人打起了精神，眼下既然已是不死不休的局面，自然要拼一拼。

鄭克淡淡地道：「何不如故技重施，不過這一次，也不能盡同。」

故技重施……，這故技，自然是用對付祈國公的辦法，煽動災民，圍了欽差行轅鬧事。

文相公傾了傾身，道：「怎麼個不同法？」

鄭克冷冷道：「從前是做個樣子，鬧得差不多了再給祈國公解圍。不過，這一次得要假戲真做，咱們不去解圍……」他頓了一下，看了看眾人，悠悠道：「去收屍！」

「好一個借刀殺人！」文相公不禁笑起來，道：「欽差大人到了太原，不思救助災民，災民憤然而起，圍殺欽差，本督聞訊，立即帶兵去救，無奈賊勢太大，又事發倉促，等到驅散賊人的時候，平西王已經為國殉忠？」

王直也跟著道：「法不責眾，更何況是在這風口浪尖上，流民雖然圍殺了欽差，卻也情有可原。」

鄭克道：「這是最穩妥的辦法，流民發起瘋來，管他是什麼親王還是欽差？殺了又能如何？」

文相公哈哈一笑，捋著頷下的美鬚道：「就這麼辦，他要我們的命，我們就要他的命。」

眾人心裡一塊大石落地，便將話題移開，說起了太原的近況。

文相公笑道：「如今已經入冬，朝廷的糧食運不下來，附近的路府餘糧都被鄭家搶購一空，三個月時間，足夠鄭家生意興隆了。」

言外之意再明白不過，鄭家賺了這麼多錢，大家擔著巨大的風險給鄭家保駕，無論如何也得拿出點好處來。

鄭克笑呵呵地道：「這個好說，到時候都督府肯定會有一份厚禮的。」

文相公板起臉道：「國公說的這是什麼話？大家同舟共濟，倒像是下官要分鄭家的一杯羹似的。」隨即呵呵一笑，虛禮客套也就到此為止。

正說著，一個軍卒連滾帶爬地過來稟告道：「都督，不好了，平西王來了。」

「這麼快……」眾人方才放下的心，這時又都懸了起來，商量除掉沈傲是一回事，姓沈的來了又是一回事，若說對姓沈的不忌憚，那也是假的。

文相公儘量做出一副雲淡風輕的樣子，慢吞吞地道：「來了就來了，嗆嗆呼呼的做什麼？外面下了這麼大的雪，難道還要讓我們出城去相迎嗎？」

鄭克道：「我比他早一天來，想不到老夫前腳剛到，他也到了，看來這一路上他走得不慢，倒是迫不及待地想來自投羅網了。」

那軍卒吞吞吐吐地道：「可是平西王沒入城……」

「沒入城？他想做什麼？」文相公臉上顯出一絲詫異，姓沈的一向不按常理出牌，不容他不小心一些。

軍卒道：「城門的兄弟和平西王起了衝突，鬧得很大，因此讓我先來通報一聲，請文相公去看看。」

文相公冷哼道：「荒唐，還沒入城就起了衝突，這平西王是不找麻煩不甘休嗎？」他長身而起，叫人拿了他的狐裘來披上，道：「走，看看去。」

鄭克卻不肯離座，淡淡道：「文相公慢走，老夫不送了。」

王直和其他幾個官員也都坐不住，紛紛站起來，要隨文相公去看看怎麼回事。

通往太原南門的，是一條泥濘的道路，偶爾會有馬車通過，不過這時節，大雪封堵了道路，所以出遠門是絕不可行的，再加上如今太原府到處都是流民，餓極了的人隨時有可能變爲土匪、強盜，所以便是巨賈富戶也絕不敢出城一步。

欽差的行轅卻不擔心這個，一千五百名騎馬的校尉一路警戒，偶爾遇到幾夥蟊賊，都是一觸即潰，原本五六天的路途，卻是浪費了十天，這已經是最快的速度，通往太原的河道早已結了冰，水路不通，只能選擇這條道路。

沈傲看到城牆根下密密麻麻的難民，臉色陰沉下來，一路過來，他已經看到不少的棄屍，原以爲到了太原城會好一些，誰知道這裡的災情竟是更加嚴重。好在這時節天寒地凍，不用擔心會滋生瘟疫，不過再這般下去，數萬流民天知道冬天過去之後還會剩下幾個？

這些人雙眼無神，有的已經凍得僵硬，渾身都不能動彈，只有那一雙灰色的眼睛在微微轉動，顯出幾分生機。見到沈傲這一行人馬，許多人伸出手簇擁過來。

校尉們這時紛紛取出隨身帶的乾糧分發出去，湧過來的流民更多，竟是人山人海，一下將車隊包圍住。坐在車裡的沈傲不禁苦笑，杯水車薪，分出這點餘糧去有什麼用？

「爲什麼不放人入城？」沈傲心裡升騰出無名火來，冷冷地看了這巍峨的城牆一眼，道：「沒人來迎接？」

童虎在車旁道：「來了。」

城門大開，數百個邊軍騎馬衝出來，驅開了流民，當先一個都虞候在馬上拱手行禮道：「末將見過殿下，恭請殿下入城。」

馬車紋絲不動，平西王顯然沒有下車的意思，只在車廂中慢吞吞地道：「太原都督府的文仙芝爲何沒來？」

都虞候聽到沈傲問及文都督，立即道：「都督有要務在身，不能遠迎，望殿下恕罪。」

沈傲道：「既然如此，那麼就入城吧。」

都虞候打馬讓到路邊，喝令部下的軍卒清出一條道路，朗聲道：「殿下請。」

馬車卻還是沒有動，沈傲道：「本王說的是讓城外的災民先入城！」

都虞候臉色一變，吞吞吐吐地道：「殿下，流民入城，恐怕……」

沈傲在車中怒喝道：「恐怕什麼？文相公和太原知府王直莫非不是我大宋的父母官？如今這麼多人饑寒交迫，還有什麼恐怕的？本王好話不說第二遍，現在！立即讓流民入城！」

都虞候猶豫了一下道：「末將有將令在身，不許流民入城滋事，請殿下恕罪。」他使了個眼色，一個軍卒會意，立即回城請示文都督了。

沈傲卻是淡淡一笑，今日他的脾氣居然難得的好，慢悠悠地道：「既然如此，本王就在這裡等著，流民不入城，本王乾脆也在這城牆根下待著罷了。」

都虞候臉色變得鐵青，卻什麼都不敢說，平西王雖然高高在上，可是縣官不如現管，今日若是違了大都督府的將令，軍法處置起來他也吃不消。於是乾脆裝聾作啞，先等人請示過文都督再做計較。

城門邊上，竟出現了極有意思的場景，上千個校尉披著蓑衣筆挺地坐在馬上，簇擁著一輛精美的馬車；對面是一列列邊軍側立在道旁，再外圍便是人頭攢動的災民，烏壓壓的人群在飄絮的雪花中，竟沒有人說話，可是那千千萬萬個災民的眼眸中，已經多了幾分希望。

不知過了多少時候，天色已經漸漸黯淡，穿著蓑衣的校尉身上堆滿了一層層的積雪，輕輕地抖一抖，便有雪片撲簌而下。

終於，城門裡，幾頂暖轎出現。轎子抬得很穩，速度也不快，轎夫十分小心地保持著平衡，生怕一不小心衝撞了轎中的貴人。

姍姍來遲的轎子在不遠處停下，隨來的軍卒小心翼翼地掀開轎簾，裡頭的人乾咳一聲，從轎中徐徐鑽出，接著便有人送來一件厚實的裘衣，披在此人身上，等繫好了衣繩，眼前的人露出笑容，一步步朝沈傲的馬車走過來。

文仙芝緩緩地走到馬車邊上，雖然是萬般的不肯，還是躬了身，道：「下官來遲，請殿下恕罪。」

馬車裏沒有響動，一點聲音都沒有。

文仙芝的臉已如這天氣一樣寒霜了，他清咳一聲，繼續道：「請殿下入城。」

還是沒有聲音，隨文仙芝過來的幾個官員不禁擠了擠眼，猜測這平西王到底在打什麼主意。

雪花似是沒有停歇一樣，披著狐裘的文仙芝已經感覺到了寒意，可是沈傲不說話，他又不能回轎，文仙芝時不時地緊了緊身上的皮裘，乾站在這雪地上。

雪花覆蓋在他的頭頂上，剛剛飄落便被他身上的體溫融化，化成冰水滴落下來，冰水如小蛇一樣順著後頸鑽入狐裘的縫隙。文仙芝感覺一刻鐘都待不下去了，不禁打了個冷顫，心裏咒罵這鬼天氣，咒罵這該死的欽差。

「請殿下入城！」他語氣已經有些不耐煩，聲音不禁提高了幾分。可是馬車裏的人像是要和他較勁一樣，就是一聲不吭。

冷風如刀，肆虐地刮在文仙芝的臉上，文仙芝已經感覺自己的臉上結出了一層冰霜，連笑容都僵化了。

足足過去了半個時辰，文仙芝只覺比死了還難受，身子已僵硬得沒有了知覺。馬車裏傳出一聲哈欠，像是長夢剛醒的聲音，接著有人道：「文仙芝那狗來了沒有？」

文仙芝聽到沈傲的哈欠聲，宛如聽到了仙音一樣，正要說話，可是一聽到狗字，臉上又是不由地僵硬起來，閉上了嘴。

打馬佇立在車邊的童虎這時道：「回稟殿下，人已經到了有些時候了。」

「哦。那爲何見了本王不回話？」馬車裏的聲音夾雜著興師問罪的口吻。

「殿下……」文仙芝的聲音有些嘶啞，連頭腦也有些暈沉沉的。

這時，車簾被掀開，從馬車裏鑽出一個人。天色昏暗，借著雪花的光暈，可以看到這是一個英俊的青年，穿著一件紫金蟒袍，繫著玉帶，劍眉薄唇，一雙眼眸似帶有幾分慵懶，又有幾分令人不可逼視的銳氣，像一柄未開鋒的劍。

沈傲從車轅處下來，不禁伸了個懶腰。

「好一個瑞雪，果然是白雪卻嫌春色晚，故穿庭樹作飛花。」他的眼眸闔成一線，整個人像是踏青的文士，臉上帶著紅暈，煥發出內心的喜悅。

文仙芝心裏不禁大怒，想，他倒是清閒自在，反讓本督來這裏陪他受罪。

「江山如畫，北國的風光，今日盡收本王的眼底，如此好雪，豈可糟踐？來人，拿筆墨來，本王要作一幅雪景圖。」

沈傲的這句話讓文仙芝的心沉到了谷底，一幅畫就算是一個時辰也未必能打好底色，作好佈局，他感到自己快要支持不住，若是再站幾個時辰，這條老命恐怕要交代在這裏了。

文仙芝咬了咬牙，道：「殿下，天寒地凍，只怕會凍壞了身子，倒不如先進了城，再徐徐下筆。」

沈傲拍打著扇骨瞥了他一眼，道：「你是誰？」

文仙芝苦笑，不得不行禮道：「下官太原大都督文仙芝。」

沈傲的眼皮都沒有抬一下，淡淡地道：「原來你就是文仙芝。」

這時，有人從後面堆放行李的馬車裏拿來了筆墨，還有人提著一方長案來，筆是瀘州的狼毫，紙是宣州的精紙，硯臺古色古香，連那筆架也都像是古物。

一個校尉撐著油傘，另一個校尉舖了紙，小心地磨墨，還有人打起了火把，在這漫漫的雪夜裡，沈傲準備伸手提筆了。

文仙芝哪裡還支持得住？麻木地道：「殿下若是著了寒，下官該如何交代？還是請殿下撤了筆墨，先入城再做計較。」

沈傲提起筆，一手抓著袖擺，優雅地蘸了墨，瞥了他一眼，道：「只怕是文都督怕自己著了風寒吧？」

事情到了這個份上，文仙芝只想及早脫身，因此道：「殿下說得不錯，下官確實染了風寒，請殿下體恤，這就入城。」

沈傲終於擱下了筆，上下打量著他，冷漠地道：「文都督只站了半個時辰就吃不消了？」

「慚愧，慚愧！」文仙芝道。

沈傲冷笑道：「文相公的身子骨珍貴，半個時辰就染了風寒。本王試問一下……」

他的語氣變得嚴厲，猶如朔風一樣寒冷，厲聲道：

「文都督可知道城外的災民已經在這裡待了十幾天，他們沒有狐裘遮風，肚裏沒有玉食飽餐，憑的只是一點求生的欲望，在這裏掙扎著。文都督是我大宋冊封的二品大員，他們也是我大宋的良善百姓，本王要問，爲何邊軍不讓災民入城？」

文仙芝這時思維已經有些混亂，啞口道：「這……這……」

沈傲步步緊逼，冷哼道：「這什麼？數萬人能在這裏餐風宿雨，爲何文都督連半個時辰都不願待？你就是這樣牧守一方，爲陛下分憂的？」

文仙芝臉上並不見慚色，想要爭辯什麼，最終還是將話吞回肚裏去。他這時根本不想和沈傲爭辯，一心只想著立即回城，回到自己府上，擺上炭盆，再喝一碗薑湯，舒服地休息一下。

沈傲冷笑道：「聖人說，己所不欲，勿施於人。文相公進士及第，聖賢書讀到哪裡去了？還是根本就黑了心腸，早已忘了聖人的教誨，忘了朝廷的職責？」

文仙芝啞口無言。

沈傲的臉色緩和下來，道：「現在傳本王的命令，立即開放門禁，讓災民入城，各衙各府全力準備稀粥，熬薑湯，分派下去；叫差役在城中各處巷弄畫好區域，讓災民聚眾歇息，再去尋乾草氈布，能用的就儘量分發。本王既來太原，就不許有一個餓殍，不許有一個凍死街頭的屍體。誰若是敢和本王唱反調……」

沈傲幾乎是用最平淡的語氣道：「本王讓他死無葬身之地！」

霎時，城外歡聲雷動，災民們看到了希望，竭盡全力地歡叫起來。

這時，文仙芝知道平西王是來給他下馬威的。他陰沉著臉，眼眸裏閃過一絲冷意。

災民們已經急著要入城了，平西王要讓大家入城，這句話當然算數。不過守在城門處的邊軍卻是沒有動，仍然明火執仗地擋在了城門口，他們的目光落在文仙芝的身上。

文仙芝臉上帶著似笑非笑的表情，既不點頭首肯，也不搖頭拒絕。

城外又安靜下來，災民們看著兇神惡煞的邊軍，這才知道，原來就算是平西王點頭，城門也未必能入。

「呵呵……」

乾笑的人是文仙芝身後的太原知府王直。王直幾乎已經凍僵，挪了挪身子，腿腳酸麻，可是他知道，都督大人是在等他說話。王直只好硬著頭皮出來，他是知府，災民入不入城，總要聽他怎麼說。

王直小心翼翼地走到沈傲身邊，朝沈傲拱手作揖，儘量使自己的笑容和藹一些，慢悠悠地道：「下官太原知府王直見過殿下。」

沈傲的目光壓根就沒落在他的身上，只是微微嗯了一聲，這已經算是非常客氣了。

王直繼續道：「殿下菩薩心腸，不忍災民在城外挨餓受凍，拳拳護民之心，下官感佩之至。」接著爲難地道：「殿下要讓流民入城，這沒有錯。都督大人阻止流民入城，也沒有錯。殿下沒有錯，是因爲殿下宅心仁厚；可都督沒有錯，是因爲都督奉命鎮守太原，太原城絕不容出現一絲一毫的差池，職責所在，當然沒有錯。」

他說了一大堆廢話，開始進入正題。

王直混跡官場，圓滑到了極點，他自認爲自己的一番話就算不能說動平西王，也足夠大方得體，能給平西王一個臺階下：

「殿下若是讓流民入城，往好裏說是救下萬千條生靈，都督和下官，其實本心上也是希望流民們入城歇歇腳，喝一口薑湯，吃一碗稀粥。可是殿下有所不知，府庫中的餘糧已經空空如也，流民們就算進城也沒有吃食，這麼多人進去，若有宵小之徒餓瘋了滋事，結果會變成什麼樣？太原城若是落入賊人之手，這干係是都督和下官來背，還是殿下來背？因此，依下官愚見，還是請殿下先入城去，殿下和都督坐在一起，群策群力，另外想出一個折中的法子來。」

王直話說完了，略帶得意地看了文仙芝一眼，頗有邀功之意。

平西王要災民入城都督不肯，如今這災民能不能入城，就看都督和平西王的手段了。王直心裏想，這平西王還沒有入城，就鬧出這種事來，今日倒是有趣了。

沈傲摘下斗笠，拍掉斗笠上的積雪，慢悠悠地問王直：「你是太原知府？」

王直笑呵呵地躬身道：「下官正是。」

沈傲將斗笠戴上，不禁好奇地打量他道：「你既是太原知府，可還記得自己的職責？」

王直愣了一下，道：「下官的職責……」

沈傲打斷他道：「你的職責是牧守一方，保境安民，可是你方才的話，可有一點安民的心思嗎？本王一路過來，看到餓殍無數，無數人臥倒在冰原之上，地崩是天災，可是城外的伏屍不是天災所致，是人禍！」

他惡狠狠地走近王直一步，道：「你這知府到底是怎麼當的？」

王直呆呆地辯解道：「下官……下官巧婦無米……」

「巧婦無米？米呢？在哪裡？」沈傲逼問他。

王直道：「沒有米。」

沈傲冷笑道：「沒有米？可爲什麼城中的米舖貨棧裏卻堆積著如山的穀物？」

王直道：「商家的米和下官何干？」

沈傲又逼近一步，道：「商家的米賣到了兩貫一斗，你知不知道？」

王直呆了一下，矢口否認：「不……不知道。」

「你會不知道？你身爲知府，不管災民死活，致使境內餓死凍死的人數以千計，這是其一。縱容商家橫行不法，這是怠忽職守，是第二條罪。巧言令色，欺矇欽差，這是第三。有這三條罪，你還想活嗎？」

他手按在尚方寶劍上，眼睛直視著王直，森然道：「今日本王奉旨巡視災情，第一個殺的，就是你這個庸碌無爲的贓官！」

他加快了腳步，一步步逼近王直。

# 第一一九章 奇怪的米價

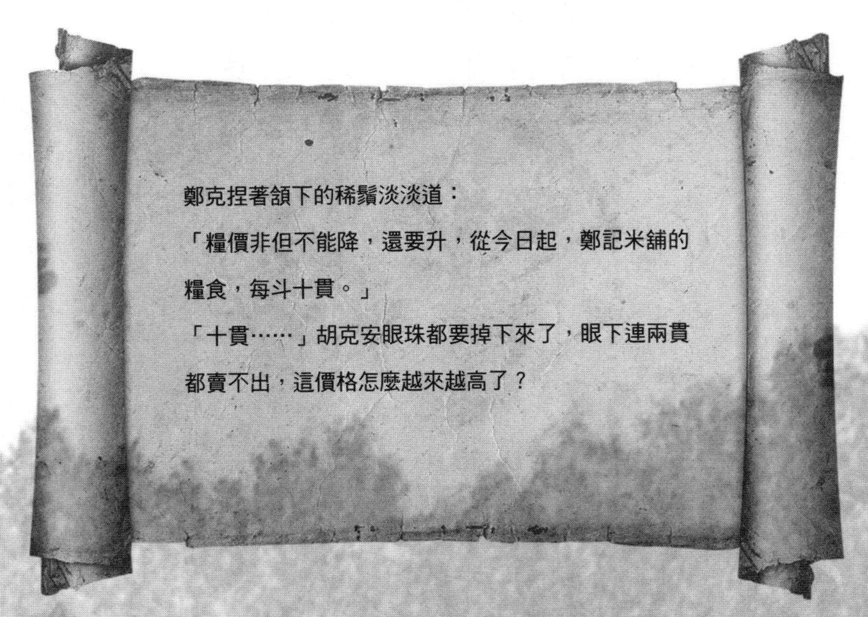

鄭克捏著頷下的稀鬚淡淡道：

「糧價非但不能降，還要升，從今日起，鄭記米舖的糧食，每斗十貫。」

「十貫……」胡克安眼珠都要掉下來了，眼下連兩貫都賣不出，這價格怎麼越來越高了？

王直嚇了一跳，身子向後一傾，誰知腳已麻痹，打了個踉蹌，朝文仙芝道：

「都督救我。」

嚶的一聲，長劍已經出鞘，尙方寶劍劍鋒一指，直沒王直的胸口。王直悶哼一聲，雙手垂下去，臉上呆滯，不可置信地仰面栽倒。

雪花仍在飄蕩，長劍從王直的胸口抽出來時，濺出鮮血，血落在積雪上，帶著餘溫的鮮血立即將積雪融化，沈傲臉上沒有表情，將尙方寶劍收回鞘中，看著地上污濁了的皚皚積雪，淡淡道：

「可惜汙了這好雪。」

冷風如刀，可是這時候，許多人都不覺得冷了，當朝五品知府就這樣一劍斃命，任誰都沒有想到。幾個官員已經魂不附體，不斷地吞咽著口水，身體略略顫抖。

文仙芝緊了緊狐裘，臉上卻很冷漠，看了一眼王直的屍首，便將目光落回到沈傲的身上。

沈傲微微一笑，如沐春風，用不可置疑的口吻向文仙芝道：「文都督，不知現在災民可以入城了嗎？」

文仙芝的臉色驟變，冷哼一聲，道：「殿下吩咐，下官豈敢不從？」

邊軍嘩嘩的皮甲摩擦聲傳出來，安靜地讓出城門口，接著無數的災民蜂擁進去，進了城門就有希望，一牆之隔，就是生和死的區別，這時，人群一邊往城中湧動，一邊高呼著：「平西王公侯萬代。」

文仙芝看了沈傲腰間的尙方寶劍一眼，道：

「下官今日倒是見識了尙方寶劍的厲害，殿下，請入城吧。」

沈傲看也不看他一眼，返身坐上了馬車，在一千五百名校尉的拱衛下，徐徐入城。

文仙芝看了馬車一眼，冷冷一笑，嘴唇微微顫動，像是在說：「這是你自己要找死的，怪不得別人。」他對身邊的一個官員道：「去，將王大人安葬了，回城。」

他坐回暖轎，暖轎和外面的冰雪彷彿是兩重世界，微微靠在這皮裘編織成的暖墊上，手中抱著小手爐，身體似乎又回到了人間。

「王爺，現在我們去哪裡？」坐在馬上的童虎一臉興奮，冰霜已經凝住了他的眉毛，方才那一幕，看得他熱血沸騰。

童虎是個直腸子，看到野外這麼多挨餓受凍的人和倒臥的屍體，心裏也有幾分憤怒，等到沈傲一劍刺入那知府的胸膛，童虎胸中的一口濁氣方吐出來。

坐在馬車裏的沈傲懶洋洋地道：「當然是去知府衙門。」

「去知府衙門？」

沈傲在車中悠悠地道：「斬草要除根，有句話不是說得好嗎？要讓人知道痛，就殺他全家。」

童虎不禁道：「這話誰說的？」

「汴京第一的英俊瀟灑、書畫雙絕的平西王爺！」

數百個校尉冒雪衝入知府衙門，知府衙門已經亂作了一團，噩耗剛剛傳來，後宅的家眷哭作一團，差役們鳥獸作散，知府衙門頃刻間就成了沈傲的行轅。

王直的女眷已經被驅走，剩餘的兩個兄弟也被押去砍掉了腦袋，押司和幾個都頭也被「請」到了簽押房，他們見了案上高高坐著的沈傲，哪裡還有什麼勇氣？立即跪下磕頭齊道：「殿下饒命！」

沈傲哂然一笑，淡淡地道：「爲什麼要本王饒你們的命？莫非你們和那王直同流合污，還是做了什麼傷天害理的事？」

爲首的一個押司立即大叫：「殿下明察，我等不過是被王直裹脅，哪裡敢做什麼傷天害理的事。」

沈傲微微笑道：「既然如此，本王就不要你們的命，都站起來說話。」

幾個人戰戰兢兢地站起來，大氣也不敢出一聲。

沈傲靠在椅上，喝了一口熱騰騰的茶，舉目道：「府庫是誰掌管的？」

先前那說話的押司站出來道：「是小人掌著太原城的府庫，殿下有何吩咐？」

沈傲頷首點頭，道：「府庫中還有多少糧食？」

「回殿下的話，還有七千斗。」

七千斗，說多不多，說少卻也不少，只是這太原人口已經超過十萬，十萬人指著這七千斗糧，實在是少得可憐。

沈傲道：「拿出五百斗來，帶著幾個差役到各衙門門口熬粥施放，一個時辰之內，能不能讓災民吃上熱粥？」

一個時辰實在太緊湊，又要調糧，又要搭起粥棚，還要生火熬粥，確實爲難了一些。不過沈傲這樣問，這押司卻如接了軍令狀一樣，毫不猶豫地道：

「一個時辰，災民們能喝上粥。」

沈傲道：「五百斗糧，大致是多少斤？」

這押司是管錢糧的，對演算之數最是在行，稍稍猶豫便道：「九千斤上下。」

「九千斤的米，十萬張口，一張口大致也只有一兩米，熬出粥來，可以下筷嗎？」

押司點頭道：「差不多。」

沈傲道：「你這就去。」

押司立即去了。

沈傲目光又落在另一個押司身上，淡淡地道：「這位押司叫什麼？」

這人立即道：「學生姓楊。」

沈傲道：「去尋些生薑來，熬成薑湯，在粥棚邊發放。」

楊押司道：「遵命。」

沈傲目光落在幾個都頭身上，道：「你們幾個也不能閒著，立即帶著三班差役全部去搜集乾草，尋找狹窄的小巷，清掃掉巷中的積雪，供災民夜裏歇息。」

面對這些都頭，沈傲的臉色又變得殺機騰騰，冷笑著繼續道：「本王醜話說在前頭，災民進了城，只要凍死一個，本王就活剝了你們的皮，都聽明白了嗎？」

都頭們哪裡敢說什麼?立即躬身道：「小人不敢不從。」

三班數百名差役傾巢而出，一時之間，到處都在忙碌著。

粥棚正在搭建，下面設好了碩大的灶台，一口大鐵鍋開始冒著熱氣，米還沒有下鍋，正在從府庫那兒運來，水卻已經燒開了，給整個太原帶來了幾分暖意。

差役們還在七手八腳地忙碌著，進城的災民一看到這邊的炊煙便趕了過來，好在他們也極有規矩，居然一點混亂都沒有，甚至有人在人群中大喊：「先讓有孩子的在前面。」

人只要有了希望，一切的秩序和道德就都重整起來，再加上大家都知道，這粥是平西王叫人設的，心裏有了感恩之心，就越發不敢給平西王添亂。

隊伍排成了長龍，一眼看不到盡頭，這時，幾輛載著米袋的大車來了，差役們將米扛下來，開了封，拿了簸箕將米悉數放入大鍋裏，香濃的米香勾起了所有人的饞蟲，在這寒冬臘月裏，每個人都多了幾分暖意。

另一邊的薑湯也熬得差不多了，已經開始施放，災民們喝了薑湯，身體開始冒起了熱氣，這個寒冬竟是沒有從前那樣冷了。

接著就是施粥，一鍋粥發下去，又上一鍋，城中幾十個粥棚，足足用了兩個時辰將粥水吃盡。這粥自然吃不飽，卻能支撐著絕望的人繼續活下去，災民們雖是意猶未盡，卻很滿足了。

正在這時，城中響起銅鑼聲，有差役沿街招搖過市，大喊：「要睡的跟我來。」跟在差役之後的人立即又是排起了長龍。

就在狹隘的巷弄裏，積雪已經清掃乾淨，又舖上了乾草，頭頂兩邊的牆壁用牛皮氈連著，有牆壁遮風，又有毛氈擋雪，一條小巷往往是數百人擠在一處歇息，所有人身上發出的熱氣，讓這小巷裏霎時變得溫暖起來。

疲倦的差役們回到衙中覆命，沈傲還沒有睡下，這雪夜裏沒有月色，沒有星光，沈傲秉著蠟燭，安靜地在看書，看到差役們進來，他放下書，淡淡地道：

「粥米發放下去了嗎？」

「回王爺的話，都發放下去了，一個遺漏的都沒有。」這押司臉上居然滿面紅光，有一種大石落定的踏實感，不忘道：「就是那些生了病，蜷縮在牆角不能來領粥的，小人也讓人每人送了一碗薑湯和粥水去。」

沈傲點點頭，欣慰地道：「好，你們做得很好。」

沈傲站起來，雲淡風清地道：「每人發一百貫賞錢下去，不管是押司、都頭還是三班文吏、皂吏、快吏。」

一百貫，或許在這個時候算不得什麼，可若是冬天過去之後，就是一筆大錢，足夠置幾畝地買幾隻牛了。數百個人若是每人都打賞一百貫，就是幾萬貫不見了蹤影，這出手，當真是非同小可。

「王爺……」大家猜不透沈傲的胸襟了，若說他是好人，可是他殺人如麻；若說他是惡人，偏偏他又出手闊綽。

一個押司膽戰心驚地道：「這都是小人們的份內之事，哪裡敢邀功請賞？」差役們都露出了慚愧之色。

沈傲淡淡地道：「叫你們拿你們就拿，本王從來不差餓兵，只要肯盡心竭力，把災民們伺候好，這賞錢還有。」他頓了一下，繼續道：「去領賞錢吧，領了之後立即去睡覺，今夜三更就要起來，準備熬粥。」

這個時候回去睡，最多只能再睡三個時辰不到，可是沒有人發出怨言，紛紛道了謝，魚貫出去。

沈傲疲倦地坐下，呆呆地看了會兒冉冉的油燈，吁了口氣，道：「好人難做。」便起身去臥房歇息。

太原都督府占地不小，巍峨壯觀，地崩震塌了幾間屋子，所以文仙芝的臥房便從後宅改到了前廂。

廂房裏已經放了幾處炭火，換了一身乾燥衣衫的文仙芝仍是噴嚏連連。說來也怪，那些災民在雪地裏宿了一夜都未必會染上傷寒，他這太原都督穿著狐裘在外頭只是站了一個時辰，就已經吃不消了。

喝了一口熱滾滾的薑湯，文仙芝感覺自己的身子熱了一些，頭疼得也沒有那麼厲害了。接著大夫過來，給他把了脈。

大夫捋著鬚，搖頭晃腦地道：「都督放心，只是略染風寒，體內仍虛，老夫開幾副藥，保準能藥到病除。」說罷，去外廳寫了藥單呈上，文仙芝叫下人去熬藥，打賞了一貫銀子給那大夫，獨自坐在這火熱的廂房裏，整個人漸漸鬆了口氣。

過一會兒，有個下人來稟告：「大人，鄭國公來了。」

文仙芝嗯了一聲，淡淡地道：「不去廳裏會客，那裏太冷了，就請國公到這兒來說話吧。」

文仙芝的臉上又變得陰沉起來，鄭國公的到來將他拉回現實。

鄭克跨過門檻，臉上春風得意，看不出一點被沈傲嚇壞了的樣子。他一進來，很是熱絡地走到文仙芝身前，手握住起身迎客的文仙芝，笑道：

「剛剛聽說文相公染了風寒，現在好些了嗎？我已命人送來了一些不太值錢的藥材，文相公看看哪些能吃的，就撿了吃，對文相公的身體很好的。」

文仙芝堆起笑容，道：「鄭國公客氣，其實也算不上什麼大病，明日就能好，倒是讓鄭國公擔心了。」

二人熱絡地寒暄一陣，分賓主坐下，鄭克左顧右盼道：「這裏倒是暖和，只可惜……」他飽有深意地看了文仙芝一眼，淡淡地道：「王直是享受不了了。」

文仙芝聽到王直二字，眉宇上佈滿了寒霜，道：

「沈傲殺王直，本就是殺給我看的，哼，他的尚方寶劍斬得了五品的知府，難道敢斬我這個都督？」

鄭克淡淡一笑，道：「這樣也好，今日那姓沈的殺了王直，也可以讓那些首鼠兩端的官兒看清楚，平西王是來殺人的，誰也不要抱什麼置身事外的心思，不是姓沈的死，就是我們一齊死。」

文仙芝頷首道：「不錯，不拚命，就只有死了，想必大家都明白。」

炭火劈裏啪啦的燒得通紅，文仙芝拿著火鉗去攪了攪，熱氣撲面而來，方才喝了薑湯，這時開始流汗了，他慢悠悠地道：

「其實災民入城，對我們也有好處，沈傲開放了太原的府庫，可是這麼多張口，這米還能吃多久？用不了幾天，等糧食都吃完了，災民們沒有了吃的，看他如何收場？」

鄭克雙目一闔，眼中閃過一絲殺機，道：

「傍晚時施粥的消息傳出來，米鋪排起的長龍立即一哄而散，今日米鋪居然只賣出一百三十多斗米，若是放任他這樣施粥，鄭記米鋪非要關門不可。不過……」

他悠悠地道：「都督說得也沒有錯，等府庫的糧食沒了，看他如何收場。」

小婢上了茶來，鄭克端起茶輕飲一口，繼續道：「不過話說回來，姓沈的一向狡猾如狐，他會不會還有後著？」

文仙芝沉思了一下，道：「應當沒有，沒有糧食，任他神機妙算也無可奈何。不過……」他冷冷一笑道：「我倒是想到了一個主意。等到府庫裏沒米的時候，各家的米鋪暫時也不要開業，先餓他們幾天，再叫人居中煽動一下，城裏的災民已經人滿爲患，只要有人肯打頭，到時叫姓沈的吃不了兜著走。」

鄭克呵呵一笑，其實這算盤他早已打算好了，兩貫一斗的米如今賣的還真覺得有些吃虧，等除掉了沈傲，這價錢還可以漲一漲，便是五貫一斗、十貫一斗也不怕沒人來買。在這之前，等府庫的糧食發完了，餓一餓那些刁民也好。

鄭克對著文仙芝點了點頭，又和文仙芝寒暄起來，再三慰問了文仙芝的病情，鄭克笑吟吟地道：「天色不早了，老夫就告辭了，文相公也好好歇一歇，這幾日咱們暫時忍著一口氣，有什麼賬，等過七八天後再說。」

文仙芝起身相送，挽著鄭克的手道：「鄭國公慢走。」一直將鄭克送到了中門，看著鄭克上了馬車，文仙芝踱步回去，叫來一個主事道：

「人手準備好了嗎？」

這主事道：「老爺放心，都準備齊全了，萬事俱備，只欠東風。」

「東風就要起了。」文仙芝說著，悠悠地看了看這陰霾的雪夜。

鄭記的米鋪一下空閒下來。幾個夥計無精打采地搬了長凳坐在門鋪邊，雪已經停了，風卻不小，太原地處邊陲，天氣惡劣起來，連眼睛都難以睜開。

原本幾萬人入城，米鋪的生意應當不會差才是，可是誰知第二日清早開張，居然一個人影都看不到，一個夥計出門去打聽，才知原來城中各處都設了粥棚，每天兩頓，雖然當不得飽，可是相較這米鋪的天價米來說，但凡不是大富之家，寧願去領頓粥來充饑，也不願來買米了。

「這樣下去可怎生得了？」夥計們已經開始抱怨了，沒了生意，就是坐吃山空，等到水路暢通了，汴京的糧食運了過來，鄭記米鋪豈不是要虧個底朝天？他們這些做夥計的，只怕日子也不好過了。

幾個人相互抱怨了幾句，簾子掀開，掌櫃走出來，怒喝道：「都坐在這裏做什麼？不用做事嗎？」

「二掌櫃……」一個夥計嘻嘻笑道：「眼下這光景，哪裡有什麼活可以幹？這糧價是不是該降一降了？再不降，只怕到了明天，連一個買米的都不會有了。」

二掌櫃陰沉著臉，看了這外頭門可羅雀的蕭索樣子，心裏也不禁在想，是不是該和老爺商量一下，米價調得這麼高，這麼多米囤在這裏，等到開春朝廷平抑糧價的時候，可就悔之不及了。不過，這些話他當然不會對夥計們說，只是冷哼一聲道：

「你們做你們的事去，實在沒事，就去貨棧把米都過過稱，不要閒著，平時把你們養得肥頭大耳的，還想偷懶嗎？」

幾個夥計聽了二掌櫃的話，也不敢分辯，立即灰溜溜地去做事了。

二掌櫃看到街上一個人影都沒有，不由吁了口氣，叫了輛車來，上了馬車，叫人去鄭家的別館。

只一炷香功夫，馬車就穩穩停下。這座宅院很是幽深，門前的雪已經掃乾淨了，門房的人二掌櫃是認得的，他通報了一句，裏頭便叫他進去。

二掌櫃一路穿過重重的院落，終於在一處偏廳停下，通報一聲：「小人胡克安給老爺問安。」

裏頭傳出一個慵懶的聲音：「進來。」

胡克安步入廳中，看到鄭克正坐在炭盆邊上暖酒喝，便笑道：「老爺難得有這雅興，可惜這裏沒有梅林，否則梅林煮酒，就更雅致了。」

鄭克板著臉孔道：「米鋪裏沒有事嗎？跑到這裏來做什麼？」

胡克安苦笑著將今早的變故說出來，最後道：「老爺，是不是該降一降糧價了？眼下官府施粥，再不降糧價，只怕咱們要吃虧。」

鄭克將一壺暖酒倒入杯中，再輕輕飲了一口，全身都冒起了熱氣。鄭克微微抬起下巴看了胡克安一眼，道：「你特地跑來說的就是這個？」

胡克安期期艾艾地道：「是……是……也是怕老爺不知道這消息，特地來知會一聲，好讓老爺心裏有個數。」

鄭克頷首道：「很好，盡心竭力四個字用在你身上也沒有差。好好做，有朝一日叫你去汴京那邊。」

聽了鄭克的讚許，胡克安露出感激之色，道：「食君之祿忠君之事，這是小人該當做的本分，當不起老爺的讚譽。」

鄭克不置可否地笑了笑，捏著頷下的稀鬚淡淡道：

「不過……話說回來，糧價非但不能降，還要升，從今日起，鄭記米鋪的糧食，每斗十貫。」

「十貫……」

胡克安眼珠都要掉下來了，十貫已經相當於許多人一年的歲入了，眼下連兩貫都賣不出，這價格怎麼越來越高了？

他懷疑自己聽錯了，不禁道：「老爺……」

鄭克不耐煩地打斷他：「就是十貫，你不必再問，按著這個價錢去賣，一文都不能少。」

胡克安點點頭，他心裏有許多疑問，卻不敢再問，不管怎麼說，米是鄭家的，老爺怎麼說他怎麼做就是，其他的事，他不敢問也不能問。

鄭克站起來，慢悠悠地在廳中踱步，口裏噴吐出一股酒意，道：「還有一件事要你去做。」

「請老爺吩咐。」

鄭克一字一句地道：「放出消息去，就說官府的糧食已經空了。」

「空了？」

胡克安終於明白了，難怪老爺敢把價錢提到十貫，官府沒了糧食，這價錢還不是鄭家說的算？於是喜滋滋地點點頭道：「小人這就叫人去放消息。」

鄭克道：「記著，每日清早都要放出這消息，一天都不能落下。」

太原的官倉，距離知府衙門並不遠，拐過了幾條街就到，這裏如今已經換上了校尉防守，原來的差役全部負責運糧、施粥。

這兩日天氣陡然轉好了一些，可是冷風還是涼颼颼的，門口的幾個校尉挺著刀站得筆直，臉上已經結成了冰霜，卻是一動不動，只有一雙眼睛警惕地看向過往的路人。

這裏是最緊要的所在，干係著全城的生計，所以衛戍的欽差比行轅還要森嚴。時不時還會有一隊隊校尉按著挎在腰間的刀柄走過，每隔一刻鐘，各隊的校尉要敲一下銅鑼，以示平安。

到了正午的時候，就會有一輛車隊過來，帶頭的是押司宋程。

宋程是個老吏，一家三代都在公門中討飯吃，年輕的時候還中過秀才，不過幾次科舉都名落孫山，也就心灰意冷，在太原操起了祖業。好在衙門裏總算還有幾分人情，他又是個讀書人，因此讓他頂替了父親的位置，在這任上，宋程已經足足做了十幾年，談不上大富大貴，卻也算是薄有身家。

車隊停到了官倉的門口，宋程拿出腰牌來給校尉們驗了驗，校尉們看過了腰牌，朝他點點頭，示意他進去。

宋程朝身後駕車的小吏打了聲招呼，趕著車進了官倉，臨進去的時候，宋程不禁看了這些校尉一眼，心裏忍不住想，這些人都是木頭人嗎？怎麼站了一天也不累？

胡思亂想了一會兒，就到了一處倉庫，這裏已經有個老吏等著他們了，朝他們呶呶嘴道：「今日怎麼來得早了些？」

宋程苦笑道：「也不知是什麼緣故，城裏突然出了許多謠言，說是官倉已經沒米了，眼下人心惶惶，所以及早來把米搬出去，好讓大家看到，把謠言平息下去。」

這老吏世故地笑了笑，道：「八成是米商們放出來的消息，宋押司想想看，只有讓人知道官倉沒了米，大家才肯去米舖買米不是？只是不知會有多少人上當。」

宋程卻是繃著臉搖頭道：「我看未必，他們騙得了一次，難道能騙第二次？城裏的人聽到了謠言，多半要看粥米會不會放出去，若是當真沒有了粥米，肯去米舖買米，他們放出這謠言來，並沒有什麼好處。」

老吏驚奇道：「這就怪了，既然如此，是誰放出來的消息？放這消息又有什麼意思？」

宋程笑道：「殿下在知府衙門正在想這個事呢，我們只是做跑腿的，哪裡想得了這麼遠，米都準備好了嗎？」

老吏道：「五百斗都已經裝上了麻袋，你叫人裝上車就是。」

宋程點頭，叫隨來的小吏去搬米，他的腳卻不肯挪動，低聲道：「老朱，你和我說實話，這官倉裏的米到底還能吃幾天？」

老吏苦笑道：「一天要放出一千斗去，至多不過六七天光景就沒了，如今已經施了四天，再多三兩日，官倉就要空了，再不想想別的辦法，到時候天知道會出什麼事。」

接著，他壓低聲音繼續道：「米舖那邊的米都賣到十貫了，怕是早就收到了消息，這是要拆平西王的台呢。」

說起平西王，宋程不禁肅然起敬。本心上來說，他也是讀書人，聖賢書他讀過，裏面的道理他也懂。這平西王放災民入城，施放粥米，不管從哪裡看，都是一個好人，那些坐地起價的奸商，怎麼看都是喪盡天良。可是他也知道，官倉裏沒了米，平西王就是有再大的本事也無可奈何，到時候會發生什麼，只有天知道了。

宋程皺起眉，冷冷道：「這些奸商，早晚有報應的。」接著道：「平西王文治武功，在泉州、西夏、京畿北路都不曾吃過虧，在太原，想必也早有了妙策，一定不會讓那些奸商得逞。」

他雖是這樣說，心裏卻是一點把握都沒有，吁了口氣，搖了搖頭道：

「不說這個，庸人自擾做什麼?還是留著精神施粥去吧。」

# 第一二〇章 瞞天過海

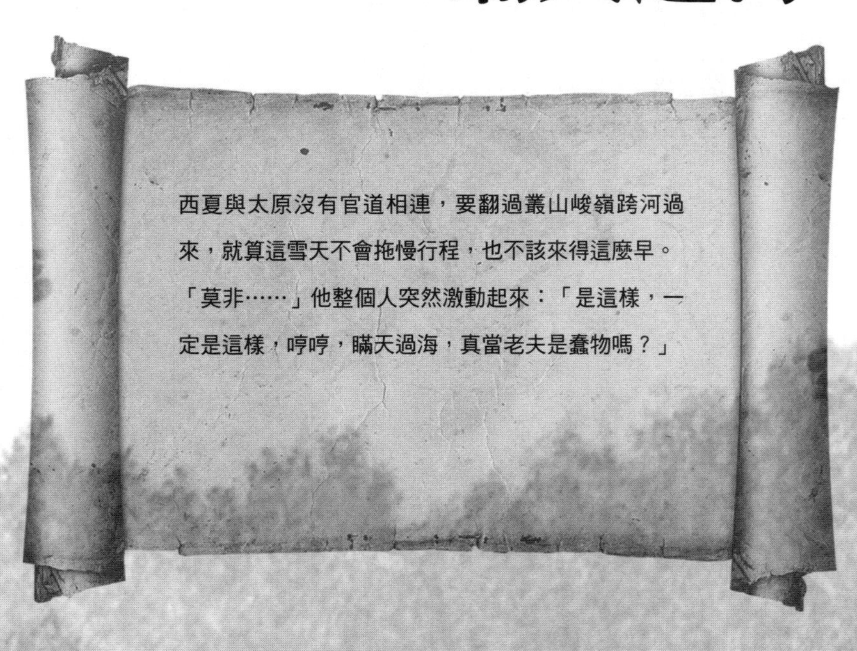

西夏與太原沒有官道相連，要翻過叢山峻嶺跨河過來，就算這雪天不會拖慢行程，也不該來得這麼早。

「莫非……」他整個人突然激動起來：「是這樣，一定是這樣，哼哼，瞞天過海，真當老夫是蠢物嗎？」

等宋程帶著差役將米送到了施放粥米的棚子時，流民們巴巴地看到了米，霎時歡聲雷動。

一大清早就有人傳出消息，說是官倉裏已經沒有米了，許多人半信半疑，一日兩碗稀粥雖然不頂餓，卻能保證餓不死，若是連粥都沒了，這可怎麼活下去？因此許多人焦灼地等待，要看看這謠言是否真實。如今見到官差運了米來，知道那謠言是假的，自然是歡欣鼓舞。

宋程聽到歡呼聲不禁笑起來，可是想到官倉中的米也堅持不了多少的時候，又不禁暗暗皺眉，吩咐差役將米袋搬下來，開封、下鍋，自己則抱著手在一邊若有所思。

領粥的隊伍排得老長，用了兩個時辰，粥米才發放乾淨，這時，宋程看到一支隊伍往這邊趕過來，都是全副武裝的校尉，簇擁著平西王，很是威風凜凜。

宋程覷見，連忙小跑著去看，見那平西王穿著蟒袍，披著絨毛披風，戴著一頂翅帽，很是鮮明出眾。

他像是急著趕路，身邊的幾百校尉都是快馬而行，可是到了這裏，恰巧被災民堵住。災民們見了平西王，紛紛簇擁過來，道：「平西王公侯萬代。」

沈傲微微一笑，不得不駐馬，心裏想，難怪他們是災民，連拍馬屁都不會，本王已經是親王，稱孤道寡綽綽有餘，這些人卻說公侯萬代，豈不是說沈家要被削掉王爵嗎？

心裏雖是腹誹，看到那人頭攢動，萬千人歡呼的場景，沈傲還是決定原諒他們。

此時，有人在人群中高呼：「平西王哪裡去？」

沈傲坐在馬上朗聲道：「去接糧！」

「接糧……」

許多人一頭霧水，糧食不是應當在官倉嗎？怎麼接糧接到這裏來了？往這邊是去太原西門，莫非西門有糧食？

正說著，宋程已經帶著兩個差役過來給沈傲問好，沈傲坐在馬上道：「宋押司，難爲了你，這粥都發放下去了吧？」

宋程想不到沈傲還記得他的名字，受寵若驚地道：「都發放了，一粒米都沒有留下，殿下要去西門接糧嗎？」

沈傲呵呵一笑道：「這是自然，你可莫忘了，太原離西夏並不遠！」說罷打了馬，帶著長長的隊伍迤邐而去。

宋程回味著沈傲的話，突然眼眸一亮，不禁道：是了，一個月前就聽說西夏要運糧食來救災，只是從西夏到太原沿途多山，如今天氣又驟變起來，原以爲西夏的糧食不到開春也不會運來，誰知道來得這麼早。

看來這燃眉之急，居然這麼輕易就化解了。

宋程喜笑顏開地叫差役們收了攤，忍不住對差役們道：「太原當真有救了，西夏來了糧，只要能熬到開春，十幾萬人就能活下去。」

差役們便來問，宋程也不避諱，這些差役都是消息靈通之人，過了一會兒功夫，西夏糧食運來的消息便傳遍了全城，之前聽了謠言有些動搖的人，先是看到了粥米按時發放，又聽說西夏運了糧來，一時間也是歡欣鼓舞，喜笑顏開。

西門已經戒嚴，數百個校尉將人群隔開，沈傲帶著一隊人在城外的長亭處等候，長亭裏有幾隻矮墩，上頭的雪水被人抹乾，沈傲一屁股坐上去，眺望著遠方的地平線。

西夏的糧食自然沒有運來，畢竟要運糧並不是勾勾手指頭這樣簡單，要先籌措，查驗，過稱，之後再裝車、開路，西夏和太原之間不通官道，隔著許多山路，如今北地又是大雪漫漫，莫說是一兩個月，若是這天氣再這樣惡劣下去，便是一年也未必能運來。

不過在昨天夜裏，沈傲就叫了親信的校尉喬裝出城，這計畫自然是他早已謀劃好的，就等人上鉤了。

沈傲好整以暇地坐在矮墩上，看到遠處的山巒上千層的白雪，林木枝頭上凝結的冰凌，心裏不由感嘆：「好一幅江山如畫，只是可惜……」

沈傲最討厭做操盤手，可是冥冥之中，彷彿有一隻手在推著他到這風口浪尖，他不站出來，這裏就是人間地獄；他漠不關心，這裏將是餓殍無數，赤地千里。

「他娘的，人格又昇華了。」沈傲不禁莞爾一笑。

看了看日頭，這時地平線上果然出現了一支車隊，沈傲如釋重負，站起來道：「帶著車隊入城。」

車隊從城外進去，那一輛輛大車，上面是油布包著的袋子，堆積的像小山一樣，連綿數百輛大車，像是看不到盡頭。

眾人見了，更是歡聲雷動，許多人遠遠地尾隨著糧車拍手，校尉們小心翼翼地拱衛著車隊，倒是沒有出什麼岔子。

之後車隊到了官倉，卸了米袋，許多人轟然散去。

西夏的糧食運到太原的消息傳得很快，更有人煞有其事地說，這一次糧食共運來十萬斗，若是省著點吃用，吃上兩個月總是不成問題，太原城算是有救了。

也有人將消息送到了鄭府。報信的人只和門口的門房知會一聲，便匆匆進去，鄭克聽到了消息，頓時臉色鐵青，趿著鞋，披著一件衣衫便急匆匆地出來，二人恰好在門樓這邊相遇，鄭克劈頭蓋臉的就問：

「城中有什麼消息？」

來報信的人道：「西夏的糧食運來了，數百輛大車堆積得像山一樣，只怕有十幾萬斗之多。」

鄭克的臉色霎時冷了下來，道：「看清楚了？」

「看清楚了，一點差錯也沒有。是平西王親自去押的車，數百個校尉把守著，直接送到了官倉去。」

鄭克冷冷道：「知道了，你下去吧。」隨即又對人道：「拿著老夫的名刺，去請文都督。」

鄭克滿腹心事徑直到了偏廳裏，若是真的運來了糧，這可真要糟糕了，十幾萬斗，說多當真不多，可是真要省著點用，熬過這寒冬最冷的時候應當不是問題，等到河道上的冰一解凍，無數的官船就會運來糧食，到了那時候，鄭家非但偷雞不成蝕把米，而且此前對付沈傲的計畫也要全盤落空。

「真是奇怪，太原是兩個月前地崩，西夏那邊得到消息，籌措糧食，再運到太原來，豈能兩個月就能送到？就是從汴京到太原，也未必能這麼快才是。」鄭克呆呆地坐在椅上，闔目沉思。

畢竟汴京往太原和西夏往太原不同，汴京和太原之間有水路、有官道，水路卻不說，如今河水結了凍，肯定是不暢通的，可是官道畢竟還在。可是西夏與太原沒有官道相連，要翻過叢山峻嶺跨河過來，就算這雪天不會拖慢行程，也不該來得這麼早。

「莫非……」他的眼眸中閃過一絲光澤，整個人突然激動起來：「是這樣，一定是這樣，哼哼，瞞天過海，真當老夫是蠢物嗎？」

鄭克冷冷一笑，隨即抓起几上的茶盞慢吞吞地喝起來。

正在這時候，文仙芝來了，他步伐倉促，還未等人通報，便大剌剌地進來，劈頭便道：「國公，城裏最新的消息你知不知道？」

鄭克不急不徐地放下茶盞，淡淡笑道：「文都督且先坐下說話。」

文仙芝冷笑道：「火都燒到眉毛了，還坐下說什麼？國公爺，你到底還有沒有主意？城裏有了糧，我們就是被人捏了七寸的蛇，那沈傲是欽差，又是親王，到時候空下手來，要收拾你我還不容易嗎？」他森然道：「來的時候我已經想過了，事情到了這個份上，自然不能束手就擒，實在不行，我叫上人，今天夜裏去官倉放一把火，把糧食都燒了，沒了糧食，那姓沈的就是沒牙的老虎，先機自然還握在我們手裏。」

鄭克淡淡笑道：「燒糧？你可知道，那官倉裏有多少校尉把守？」

文仙芝冷笑道：「讓邊軍扮作搶糧的災民，他的人手再多，也是在明處，半夜起事，突然一湧上去，難道他們還是銅牆鐵壁嗎？」

鄭克搖頭道：「去的人多了，就會走漏風聲，身爲都督去燒官倉，這消息要是傳到了宮裏，你就是有一百個腦袋也不夠贖罪的。去的人少，那裏有數百校尉鎮守，牽一髮而動全身，能不能全身而退都是未知之數，這個法子不好……不好……」

文仙芝嘆了口氣，一屁股坐下，道：「動手是死，坐以待斃也是死，倒不如動手的好。」

鄭克微微笑道：「文相公當真以爲西夏的糧食運來了嗎？」

「怎麼？那運糧的車不是這麼多人睜眼看到了嗎？」

鄭克呵呵笑道：「運糧的車確實是看到了，可是裏頭裝的是什麼東西又有誰知道？就算他裝的是沙子，也沒人知道。」

文仙芝一點就透，先是一喜，隨即又皺眉道：「只怕未必，若是沙子，他費這麼大工夫做什麼？」

鄭克淡淡道：「或許是引蛇出洞，文相公想想看，若是官倉裏的糧食已經施放完了，平西王會怎麼做？」

文仙芝皺起眉：「巧婦無米，便是平西王有天大的能耐，也無計可施。若真的沒了米……」

「嫁禍於人！」鄭克打斷他，當機立斷地道：「此人狡猾如狐，滿肚子都是陰謀詭計。他這麼做，就是要做出一個假象，要我們以爲官倉裏的米已經堆積如山，要讓我們自亂陣腳，露出破綻。」他徐徐道：「若是真如文相公方才所說，今夜就叫人去燒糧，到時那姓沈的若是在官倉附近埋伏一支軍馬，等我們把糧燒了，再殺出來，結果會如何？」

文仙芝不禁道：「結果自然是人贓並獲，全太原的人都會知道太原城的官倉是我們燒的，那子虛烏有的西夏賑災糧食也是我們舉手化為灰燼的。」

「對！」鄭克眼眸中閃過一絲冷冽：「他好毒的心機，不管官倉裏有沒有糧食，只要我們動了手，你我就是天大的罪人，天下之大，再沒有我們的容身之地，那沈傲若是再帶著兵殺了你我，以查抄欽犯身家的藉口去鄭記米舖抄沒糧食，他這糧食不但有了，你我二人也要死無葬身之地。」

文仙芝不由倒吸了口涼氣，他不是沉不住氣的人，剛才是因為沈傲手裏突然有了「糧食」，令他失了方寸。可是這時候想起來，若是沈傲當真有糧，他就是心中不願意也非硬著頭皮鋌而走險不可了。

一旦做出這樣的事，沈傲埋伏人馬截獲他的部眾，到時候嚴刑拷問，搜集到了罪證，就等於是授人與柄，這身家性命明日就要全部葬送。

「難怪了，本督還說這糧食到底從哪裡來的，原來這是要引蛇出洞，置之死地而後生。」文仙芝闔著眼，臉上浮出一絲害怕，若不是鄭克提醒，真不知最後會變成什麼後果。

這時候，文仙芝也冷靜下來，好整以暇地喝了口茶・慢悠悠地道：「這麼說，我們現在什麼都不必做，姓沈的自然也就無能爲力了？」

鄭克淡淡笑道：「誰說什麼都不做？沈傲故布疑陣，正說明官倉裏的米糧已經空了，就等我們先跳出來，再一舉借機將這禍水引到我們這邊。」

他沉默了一下，繼續道：「既然沒糧了，也該是我們動手的時候了，明日清早這個時候，讓災民圍了欽差行轅，姓沈的死期也就到了。」

文仙芝不禁道：「爲什麼要急於這時動手？拖他幾天難道不行？，」

鄭克呵呵一笑，道：「其實我們從前的計畫雖好，可是有一樣卻讓老夫有點兒放心不下。」他放下茶盞抱起手爐，繼續道：「沈傲帶來的一千五百名校尉，個個都是驍勇善戰的精銳，要讓流民殺他，其實並不容易，若是校尉們反擊，這些烏合之眾只怕一下子就要散了。」

文仙芝所有所思地點頭，道：「這倒是，沈傲聖眷正隆，又是駙馬都尉，西夏攝政王，只要他還活著，誰也治不住他，到時候倒楣的還是我們。未免夜長夢多，沈傲絕對是非死不可的，不過這些校尉，國公打算如何對付？」

鄭克淡淡笑道：「不用我們對付，讓沈傲對付好了。」

文仙芝滿是不解地道：「請國公示下。」

鄭克道：「你想想看，沈傲預測我們今夜會去燒官倉，這時，這一千多校尉會如何佈置？」

文仙芝沉吟了一下道：「當然是埋伏在官倉之中，只要我們的人出現，再螳螂捕蟬，截擊我們？」

鄭克笑道：「這就是了，那我們就弄出點動靜來，鬧得他們風聲鶴唳，讓他們一夜都不能睡個好覺，人困馬乏之下，第二日突然有災民出來發難，那些校尉便是鐵打的，也沒有精力了。」

文仙芝眼眸一亮，道：「原來國公爺早有了主意，這主意好．先疲了那校尉，再出其不意，姓沈的無論如何也想不到我們不會去燒官倉，反而是直取他的行轅。」

鄭克正色道：「煽動流民的事仍舊是拜託文相公，這件事越周密越好。」

文仙芝前幾日病得一塌糊塗，如今已經大好，這件事干係著自己的身家性命，當然不能怠慢，打起精神道：「自然是萬無一失，鄭國公放心便是。」

說罷，文仙芝告辭出去，急匆匆地坐著暖轎走了。

鄭克叫了人來，吩咐道：「明日清早，太原的一切舖面都不必開張，讓他們把糧倉都鎖緊了，去請些軍卒來幫忙看守著，若是有人敢闖貨棧，格殺勿論！」

鄭克從廳中出來，暖冬的陽光刺得他的老眼有些昏花，他眯著眼睛，步伐穩健，負手朝迎面過來的一個主事道：「從現在開始，老夫不見外客，誰都不見。」他頓了頓，又補上一句：「就是文相公來了，也擋駕回去。」

「是。」

天色已經漸漸黯淡，這時候，災民們已經鑽入了小巷，街道上一個人都沒有，落針可聞，不知什麼時候，天空又飄起了鵝毛大雪，飄絮在朔風的吹拂下，橫掃著天地。

這樣的冷天，自然沒人隨意在街上走動，官倉這兒卻是傳來重重的嘩嘩聲，一隊隊的校尉仍然來回巡守，在朔風之下，一張張稚嫩又滄桑的臉凝結成了冰霜，厚重的蓑衣加上皮甲，足有二十多斤重．身上的積雪也來不及擦拭，可是卻沒有人去拍打身上的積雪。

官倉裏一片黑暗，幽深的重重院落，彷彿藏匿著無數的甲士，只要一有動靜，黑暗中的甲士就會毫不猶豫地衝殺出來。

正在這時，凌亂的腳步聲傳出來，校尉們立即警惕，一隊校尉已經順著聲響的方向過去，過一會兒，他們回來，值守的一個營官走出來，低聲和巡守的隊官說話，他們的聲音很低，隱匿在嗚嗚的風聲之中。

「是什麼人？」

「是邊軍，也是巡邏的，可是看他們的樣子，總是有意無意的向官倉這邊打量。」

「知道了，去吧。」營官面無表情地頷首點頭，隨即隱入幽深的官倉。

這樣的事已經出現了不止五次，甚至到了三更的時候，仍有響動傳出來，黑壓壓的邊軍突然出現，又像潮水一般地退去，攪得人甚是不安。

這消息，當然是連夜送去了知府衙門，誰知送消息的隊官卻被門口的一名校尉擋了駕，這個人筆直地站著，挺著胸膛道：「殿下說了，小心衛戍，其他的事不必去問他，若是官倉有動靜，也不必理會，按時輪替衛戍就是！」

來人只好回去。接著，沈傲屋裏的窗子被推開。露出一張英俊面孔，這個人負著手，迎著朔風佇立在窗臺之後，幽幽地看著窗外的雪景。他的目光幽邃，眼中露出一絲若有所無的嘲諷。

冷風灌進來，身子有些冷，沈傲關上窗，就地坐在火炭盆邊上，感受著炭火的溫暖，繼續撿起小几上的一本書隨手翻看，這樣的天氣，當然睡不著，沈傲又是夜貓子，不到三更是決不閉眼的。

不知不覺間，昏昏睡過去。不知什麼時候，天色漸漸地亮了，不遠處的燈架上，蠟燭已經燒了個乾淨，散發出一股古怪的香燭氣味。

沈傲暈乎乎地張開眼，一下子精神起來。

「來人，來人！」沈傲大叫一聲。

一個校尉立即進來，道：「殿下有什麼吩咐？」

沈傲道：「去，泡茶，上點心，待本王漱了口，就要吃早飯了。」

這校尉一向照料沈傲的生活起居，這時候看了看天色，又看了看精神奕奕的沈傲，不禁道：「殿下一向起得沒這麼早，而且也一向不喜歡吃早點的。」

沈傲呵呵一笑，走過去拍了拍他的肩道：「今天有很多事要做，當然要先養足精神，去吧。」

沈傲在屋裏收撿了下隨手丟棄的垃圾，丟入炭盆裏，隨即好整以暇地去漱了口，整個人看上去更精神幾分，待那茶點端了過來，正好童虎過來，道：

「殿下，昨天夜裏不知是怎麼回事，邊軍突然上街夜巡，別的地方不去，偏偏去官倉那邊轉悠，哼，平時沒見到他們的人，如今西夏的糧食運來，他們倒是來了精神。」

童虎顯得有點憔悴，顯然半夜裏覺得不安，一夜沒有睡好。

沈傲招呼他坐下喝茶吃糕點，翹著腿笑呵呵地道：「人家也是好意，說不定是擔心有人燒官倉，所以特意給咱們衛戍也不一定。」

童虎撇了撇嘴道：「燒官倉和造反無異，誰敢來燒？就算他們有這好心，也該早早下一個條子，說明原委，通通氣也好，哪有這樣安排的？」

他塞了一塊糕點到嘴裏，一邊咀嚼，一邊含糊不清地繼續道：「好在沒有出什麼事，今日拂曉的時候，邊軍就撤了。」

沈傲嗯了一聲，道：「城裏現在有什麼消息？」

童虎是從官倉那兒直接趕過來的，哪裡知道其他的消息？搖頭道：「應當還是老樣子，偌大的太原城，有這麼多邊軍鎮守，還能出什麼事？」

沈傲呵呵笑道：「這也未必。」

童虎抬起頭道：「殿下是不是有事瞞著我？」

沈傲正色道：「童虎聽令！」

童虎一口將咀嚼稀爛的糕點吐出來，放下手中的茶盞，肅然站起來，道：「卑下在。」

沈傲沉聲道：「召集校尉，不管當值不當值的，全部在衙門的後宅集結。」

童虎行了個禮，立即去了。

沈傲站起來，整個人精神抖擻，喝了一口茶潤潤喉嚨，對外頭的衛兵道：

「拿本王的戰甲來！」

只一炷香的功夫，沈傲就著裝完畢，按著尚方寶劍，踏著積雪從廂房中出來，一直往後院走去，在這裏，拱衛著欽差行轅的八百名校尉已經列隊完畢，儒刀雖然還在鞘中，卻有一種如錐入囊的肅殺之氣。

沈傲只說了一句話：「守衛各處院牆，不許殺人，但是，一隻蒼蠅都不許放出來，待會兒若是有許多人來，弓箭手做好準備，但凡看到哪些人聲嘶力竭鼓動的，知會本王一聲。」

校尉們一頭霧水，卻是轟然應諾：「遵命！」

童貫走到沈傲跟前，沉著眉道：「殿下，是不是要出事了？」

沈傲朝他點頭道：「差不多是時候了。」

大清早，數百個人出現在街道上，乍眼一看，他們衣衫襤褸，臉上也凍得有點兒青紫，明顯是一群流民，人數大致在數百人上下，這些人瘋狂地傳出一個消息，令所有人都嚇了一跳。

消息剛開始傳出時，很多人當然不信，可是三人成虎，最後大家卻不得不信了。

官倉裏根本沒有糧，西夏的糧食運過來，已經讓人吞沒了。糧食在哪裡？當然不會是平西王，平西王是西夏監國，這糧本就是西夏送來的，再加上王爺愛民如子，放災民入城，又施捨粥米，真如菩薩一樣，貪墨也絕不會是平西王。

說出這個消息的人，每每提及到平西王，臉上都帶著無比的尊敬。如此一來，聽者也都不禁感同身受，一起道：「不錯，平西王愛民如子，真如撥雲見日的青天大老爺。」

傳消息的人便繼續道：「可是平西王畢竟沒有火眼金睛，不是順風耳，想必這些糧是他左右之人貪墨，王爺畢竟不能詳查細務，許多事還得讓下頭的人辦，這些人欺矇王爺，又不將咱們的死活當一回事，爲了一己私利，將糧食全部虧空走了。」

聽到的人都不禁義憤起來：「王爺菩薩心腸，竟被小人蒙蔽了。」

「非但被小人蒙蔽，而且沒了糧食，我們都要餓死。」

「這……」

施粥的時候也差不多到了，差役們到了粥棚這兒，已經熬好了粥，前面幾個災民衝過去，突然揚著碗大叫：「這粥爲什麼越來越稀薄，和清水一樣。」

後面的人看不到前頭的場景，都是引頸去看，可是隱隱約約哪裡看得清？但是人家既然這麼說，想必這粥當真是被人換成了清水了。

粥棚邊的宋押司感覺事情有點不對勁，走過去對打頭的人道：「瞎了眼嗎？哪裡和從前不同？平西王的規矩，爲了不餓著大家，粥裏要立筷子，來人，拿根筷子來！」

那鬧事的「災民」喋喋冷笑：「你們這些欺上瞞下的惡吏，還想狡辯！這粥我不吃了。」說罷，狠狠將碗摔在地上，粥水溢入雪地之中。

「好大的膽子，來人！」宋押司這時勃然大怒，若是他當真私扣了米倒也罷了，如今好不容易廉潔奉公一把，居然還被刁民冤枉，往日只有押司冤枉別人，今日竟是被人黑吃黑，宋押司的怒氣可想而知。

身後的差役紛紛要拔出腰刀，將這鬧事的帶走。誰知帶頭的人大叫：「惡吏殺人了！」

這一聲大叫，身後的人只看到許多差役拔刀，又分不清到底出了什麼事，排起的長龍頓時亂了起來，這時，突然許多「災民」瘋狂地朝粥棚衝過去，有人將粥棚踢翻，更有人大聲鼓噪：「就是這些狗腿子蒙上欺下，讓咱們沒有活路，打死他們！」

數以萬計的流民霎時大亂，幾十個差役哪裡彈壓得住？平時巡邏的邊軍突然也一下子不見了蹤影，像是一下子消失得無影無蹤一樣。

宋押司畢竟是個老吏，這種場面見得多了，這時候，他應變的本事就表現出來了，腳底抹油，帶著幾個親近的差役，一下子就混入人群，把身上的衣衫脫了，逃之夭夭。其餘的差役就沒有這樣的幸運，立即被打倒在雪地上，接著無數人拳打腳踢，哀聲連連。

「打了官差，就是造反！」有人在人群大喝。

這句話叫所有流民都嚇了一跳，有的人並未動手，這時已經害怕得想逃走了。

誰知有人道：「想逃，能逃到哪裡去？這裏是太原，邊軍隨時就來，四散逃開，必死無疑！」

想走的這時候也嚇住了，反而覺得人多的地方更安全一些，否則真有官兵來彈壓，到時候不分青紅皂白，連死都不知道怎麼個死了。

這時候又有人道：「既然如此，大家要想活命，唯有一個辦法……」

所有人惶恐得猶如抓到了最後一根稻草，許多人不禁安靜下來，都想聽聽到底有什麼辦法。

這人高聲道：「平西王愛民如子，是非明斷，不如我們現在去尋欽差行轅情願，請平西王誅贓官墨吏，爲我們討一個公道！」

「走！去欽差行轅！」

許多人鼓噪起來，先是有人朝欽差行轅的方向走，接著許多人跟上去，其餘的人見了這個樣子，也都隨波逐流，這聚集起來的人流竟有上萬人之多。烏壓壓的看不到盡頭，

再加上沿途看熱鬧的，最後如滾雪球一般，人越來越多，越來越難以控制，大家一起訴說貪官墨吏平時的可恨之處，這時候也都義憤填膺，更有人高吼道：「殺贓官！」

在這種場面之下，人的情緒已經亢奮起來，許多人高吼：「殺贓官！」

天上的雪花飄灑，皚皚白雪與萬千攢動的人頭相互映襯，整個太原城，居然滿是肅殺，憤怒的人一起朝前走，更有一些不軌之徒，沿途大肆破壞，本就狼藉的街道，這時候更加狼藉起來。

小別院裏，一個人影悄悄地出現，直接從偏門進去，小跑著到了書房，躬身在外頭道：「老爺，阿福回來了。」

「進！」裏頭的聲音很是威嚴。

阿福輕輕地將門打開一點縫隙，如靈蛇一樣鑽進去，隨即躡手躡腳地關上門，書房裏書香陣陣，紅燭冉冉，溫暖如春。

鄭克坐在梨木雕花椅上，將一本書放下，抬起眸來，道：「怎麼樣了？」

阿福笑呵呵地道：「老爺神機妙算，這一招『清君側』實在是妙極了。」

鄭克頷首點頭，淡淡笑道：「先裏挾著人去，再混進我們的人，在裏頭滋事，把欽差行轅圍住，呵呵……」他哂然一笑，略帶得意的口吻道：「這麼多人，只要校尉和災民衝突起來，沈傲就死定了。」

阿福弓著身，似乎在認真聽鄭克的話，不禁問道：「若是那平西王不死呢？」

鄭克板起臉來，冷笑道：「當然還有後著。」

阿福吞了吞口水，想問這後著到底是什麼，卻也知道自己的身分，不敢去問，訕訕笑道：「老爺神機妙算，連平西王都不是老爺的對手。」

鄭克冷冷地道：「做人做事，都要懂得一個道理……要殺人，千萬不要自己動手，否則不但汙了手，還會捅婁子。只有借刀殺人最好。」

阿福看著自己的鞋子，道：「眼下災民差不多要到欽差行轅了，老爺還有什麼吩咐？」

鄭克站起來，一字一句地道：「我這裏有個條子，你送去大都督府，將這條子交給文相公，跟他說，一個時辰之後再打開來看。」

他翻開一本書，從書頁裏拿出一張紙條，他將紙條捲起來，再尋了個小筒子塞進去，交給阿福，交代道：「叫文相公一定要按條子裏的話來做，還告訴他，箭在弦上，不得不發，這個時候已經不能再朝三暮四了，今日一定要和姓沈的見個分曉，不是他死……」

鄭克惡狠狠地咬牙切齒道：「就是老夫和文相公共赴黃泉！」

阿福聽得眼皮子也不禁跳了跳，輕輕地抬起眼，看到鄭克很快恢復了常色，一臉淡然的樣子，心裏想，國公爺當真是喜怒不形於色。立即道：「小人這就去送條子，公爺安坐。」

從別院裏出來，阿福立即牽了一匹馬來，他自然知道今日干係實在太大，一個不好，不知多少人要人頭落地。

翻身上馬之後，阿福立即打馬到大都督府，巍峨的大都督府這時候也是風聲鶴唳，到處都是衛兵，時不時有軍將進出，宛若敵軍眼下就要攻城一樣。

阿福通報一聲，過了一會兒，便有個軍卒叫他進去，請他到了一處清淨的屋子，阿福不安地坐在這裏等。

一炷香過去，外頭傳出一聲咳嗽，阿福不禁站起來，這時候，有人跨過門檻，言語帶著威嚴道：「你是鄭國公派來的？」

阿福連忙躬身行禮，道：「小人見過都督。」

文仙芝只是淡淡點頭，道：「鄭國公有什麼話要說？」

阿福道：「老爺說：箭在弦上，不得不發，這時候已經不能再朝三暮四了，今日一定要和姓沈的見個分曉，不是他死就是老爺和……和文都督共赴黃泉！」

這句話，他倒是記得一清二楚。

文仙芝呵呵一笑，道：「到了這個份上，這句話該是本都督提醒他才是，怎的反過來提醒本都督了？國公就這麼信不過文某嗎？」

請續看《大畫情聖》第二輯　九　驚天驟變

# 大畫情聖II 八 誓不兩立

作者：上山打老虎
發行人：陳曉林
出版所：風雲時代出版股份有限公司
地址：105台北市民生東路五段178號7樓之3
風雲書網：http://www.eastbooks.com.tw
官方部落格：http://eastbooks.pixnet.net/blog
Facebook：http://www.facebook.com/h7560949
信箱：h7560949@ms15.hinet.net
郵撥帳號：12043291
服務專線：(02)27560949
傳真專線：(02)27653799
執行主編：朱墨菲
美術編輯：吳宗潔

法律顧問：永然法律事務所 李永然律師
北辰著作權事務所 蕭雄淋律師

版權授權：蔡雷平
初版日期：2014年12月
初版二刷：2014年12月20日
ISBN：978-986-352-024-5

總經銷：成信文化事業股份有限公司
地　址：新北市新店區中正路四維巷二弄2號4樓
電　話：(02)2219-2080

行政院新聞局局版台業字第3595號 營利事業統一編號22759935


**定價：280元　　特惠價：199元**



國家圖書館出版品預行編目資料

大畫情聖II／上山打老虎 著. -- 初版. -- 臺北市：
風雲時代，2014.04 -- 冊；公分

ISBN 978-986-352-024-5（第8冊；平裝）

857.7　　103003450